CODINOME CASSANDRA

OBRAS DA AUTORA PUBLICADAS PELA GALERA RECORD

Avalon High
Avalon High – A coroação: a profecia de Merlin
Cabeça de vento
Sendo Nikki
Como ser popular
Ela foi até o fim
A garota americana
Quase pronta
O garoto da casa ao lado
Garoto encontra garota
Todo garoto tem
Ídolo teen
Pegando fogo!
A rainha da fofoca
A rainha da fofoca em Nova York
A rainha da fofoca: Fisgada
Sorte ou azar?
Tamanho 42 não é gorda
Tamanho 44 também não é gorda
Tamanho não importa
Liberte meu coração
Insaciável

***Série* O Diário da Princesa**
O diário da princesa
Princesa sob os refletores
Princesa apaixonada
Princesa à espera
Princesa de rosa-shocking
Princesa em treinamento
Princesa na balada
Princesa no limite
Princesa Mia
Princesa para sempre

Lições de princesa
O presente da princesa

***Série* A Mediadora**
A terra das sombras
O arcano nove
Reunião
A hora mais sombria
Assombrado
Crepúsculo

***Série* As leis de Allie Finkle para meninas**
Dia da mudança
A garota nova
Melhores amigas para sempre?

***Série* Desaparecidos**
Quando cai o raio
Codinome Cassandra

MEG CABOT

Autora da série O Diário da Princesa

CODINOME CASSANDRA

Tradução de
REGIANE WINARSKI

galera
RECORD
Rio de Janeiro | 2012

CIP-BRASIL. CATALOGAÇÃO NA FONTE
SINDICATO NACIONAL DOS EDITORES DE LIVROS, RJ

Cabot, Meg, 1967-
C116c Codinome Cassandra / Meg Cabot; tradução de Regiane Winarski. – Rio de Janeiro: Galera Record, 2012.
(Desaparecidos; 2)

Tradução de: Code name Cassandra
Sequência de: Quando caio o raio
ISBN 978-85-01-08818-5

1. Adolescentes (Meninas) – Ficção. 2. Aptidão psíquica – Ficção. 3. Crianças desaparecidas – Ficção. 4. Ficção juvenil americana. I. Winarski, Regiane. II. Título. III. Série.

12-6934 CDD: 813
CDU: 821.111(73)-3

Título original norte-americano:
Code Name Cassandra

Publicado mediante acordo com Simon Pulse, um selo de Simon & Schuster Children's Publishing Division.

Texto revisado segundo o novo Acordo Ortográfico da Língua Portuguesa.

Direitos exclusivos de publicação em língua portuguesa somente para o Brasil adquiridos pela
EDITORA RECORD LTDA.
Rua Argentina 171 – Rio de Janeiro, RJ – 20921-380 – Tel.: 2585-2000,
que se reserva a propriedade literária desta tradução.

Impresso no Brasil

ISBN 978-85-01-08818-5

Seja um leitor preferencial Record.
Cadastre-se e receba informações sobre
nossos lançamentos e nossas promoções.

Atendimento e venda direta ao leitor:
mdireto@record.com.br ou (21) 2585-2002.

Meus agradecimentos a Beth Ader, Jennifer Brown,
John Henry Dreyfuss, Laura Langlie,
Ingrid van der Leeden,
David Walton e especialmente a Benjamin Egnatz.

Capítulo 1

Não sei por que estou fazendo isso.

Não sei por que estou escrevendo isso. Não tem ninguém me obrigando.

Não dessa vez.

Mas tenho a sensação de que *alguém* deveria registrar essas coisas. Alguém que saiba o que *realmente* aconteceu.

E não se pode confiar nos agentes federais para fazer isso. Ah, eles vão registrar, é claro. Mas não vão contar as coisas direito.

Só acho que é preciso haver um relato verdadeiro. Que se atenha aos *fatos*.

Portanto, eu o estou escrevendo. Não é nada de mais, na verdade. Só espero que algum dia alguém o leia, para que eu não ache que foi uma total perda de tempo... como a maioria dos meus esforços.

Veja, por exemplo, a faixa. Esse é um exemplo clássico de esforço desperdiçado dentre tudo que já vi.

E se você pensar sobre o assunto, vai ver que foi aí que tudo começou. Com a faixa.

Bem-vindos ao Camp Wawasee
Onde crianças talentosas tocam doce música juntas

Era isso que a faixa dizia.

Sei que você não acredita em mim. Sei que não acredita que em toda a história do mundo já existiu uma faixa com dizeres tão idiotas.

Mas juro que é verdade. E eu sei bem disso. Fui eu que a pintei.

Não me entenda mal. Eu não *queria*. Eles me obrigaram a fazer isso. Eles me entregaram a tinta e um pedaço enorme de pano e me disseram o que escrever nele e tudo o mais. A última faixa, sabe, tinha sofrido um trágico acidente, em que alguém a dobrou e enfiou no depósito da piscina, e algum produto químico tóxico pingou nela e corroeu o tecido.

Então me obrigaram a fazer uma nova.

Não era só que a faixa era idiota. Se você desse uma olhada nas crianças paradas embaixo dela, veria logo de cara que provavelmente também era mentirosa. Porque, se aquelas crianças eram talentosas, eu era Jean-Pierre Rampal.

Ele foi um flautista famoso, para quem não sabe.

Enfim, eu nunca tinha visto um grupo de crianças mais choronas na minha vida. E já conheci muitas, graças à natureza do meu, você sabe, dom único e tudo mais.

Mas essas crianças... Tenho que dizer, elas eram uma coisa do outro mundo. Cada uma delas ficava dizendo "mas não *quero* ir para o acampamento de música" ou "por que não posso simplesmente ficar em casa com vocês?". Como se o fato de passar seis semanas longe dos pais fosse alguma grande dificuldade. Se alguém tivesse me dito, quando eu tinha 10 anos, que podia ir para algum lugar e ficar longe dos meus pais por seis semanas, eu teria respondido "tô dentro, cara".

Mas não essas crianças. Acho que devia ser pelo fato de serem talentosas e tudo mais. Talvez crianças talentosas gostassem de verdade dos pais, sei lá. Eu não tinha como saber.

Ainda assim, tentei acreditar na faixa. Principalmente porque fui eu quem fiz. Bem, com a ajuda da Ruth. Isso se eu puder chamar a contribuição de Ruth de ajuda, o que eu acho que não. A contribuição dela tinha sido basicamente me dizer que minhas letras estavam tortas. Ao olhar para a faixa agora, vi que ela estava certa. As letras *estavam* tortas. Mas eu duvidava que alguém além de mim e Ruth tivesse notado.

— Não são fofinhos?

Essa foi Ruth, chegando ao meu lado. Ela estava olhando para as crianças, com os olhos cheios d'água. Pelo visto ela não tinha reparado na gritaria, na choradeira e nos berros de "mas eu quero ir pra *casa*".

Mas eu tinha. Essas coisas meio que estavam *me* fazendo querer ir para casa também.

Só que, se eu fosse, teria que ficar trabalhando no bufê. É assim que se passa o verão quando seus pais são donos de um restaurante: trabalhando no bufê. Havia ainda menos chance de escapatória para mim, já que meus pais tinham *três* restaurantes. Era o menos chique, Joe Junior's, que oferecia bufê de vários pratos de massa, todos mantidos quentes graças a uma mesa térmica.

E adivinhem qual filho fica tradicionalmente encarregado dela? Isso mesmo. A caçula. Eu. Era isso ou o bufê de saladas. E, acredite, já tive minha cota de gente revirando o molho ranch atrás de tomates-cereja.

Mas o bufê não era a única coisa em casa que eu estava tentando evitar.

— Espero pegar aquela ali — disse Ruth com empolgação, apontando para uma lourinha com rosto de querubim que estava em pé debaixo da minha faixa, segurando um violoncelo muito pequeno. — Ela não é um amor?

— É — admiti contra a vontade. — Mas e se você ficar com *aquele* ali?

Apontei para um garotinho que estava gritando tão alto só pela ideia de ser separado da mamãe e do papai por um mês e meio que estava tendo uma crise de asma. Os pais, desesperados, estavam colocando inaladores no rosto dele.

— Oun — disse Ruth de maneira tolerante. — Eu fiquei assim mesmo no primeiro ano em que vim pra cá como campista. Ele vai ficar bem até a hora do jantar.

Eu achei que devia acreditar nela. Os pais de Ruth tinham começado a mandá-la para o Camp Wawasee quando ela tinha 7 anos, então já eram nove anos de experiência em que se basear. Eu, por outro lado, sempre tinha passado os verões cuidando do bufê, entediada até a raiz dos cabelos porque minha melhor (e basicamente única) amiga estava fora. Apesar do fato dos meus pais serem donos de três restaurantes nos quais meus amigos e eu podemos jantar sempre que quisermos, eu nunca tinha sido a Srta. Popularidade. A causa disso devia ser porque, como meu orientador diz, eu tenho *problemas.*

E era por isso que eu não tinha tanta certeza se a ideia de Ruth — de eu me candidatar a monitora do acampamento — era uma boa. Primeiro porque, apesar do meu talento especial, cuidar de crianças não é meu forte. E em segundo lugar porque, bem, como falei: tenho esses problemas.

Mas aparentemente ninguém tinha notado minhas tendências antissociais durante a entrevista, pois consegui o emprego.

— Deixa eu ver se entendi direito — falei para Ruth enquanto ela continuava a olhar com carinho para a violoncelista. — Aqui é Camp Wawasee, caixa postal 40, estrada estadual Um, Wawasee, Indiana?

Ruth desviou o olhar da Cachinhos de Ouro.

— Pela última vez — disse ela, com um pouco de exasperação. — Sim.

— Muito bem — falei, dando de ombros. — Eu só queria ter certeza de que dei o endereço certo pra Rosemary. Faz mais de uma semana que não recebo nada dela e estou um pouco preocupada.

— Deus. — Ruth não estava mais falando com *um pouco* de exasperação. Estava de saco cheio. Dava para perceber. — Será que você pode parar?

Empinei o queixo.

— Parar o quê?

— Parar de *trabalhar*. Você pode ter férias de vez em quando. Meu Deus.

— Não sei do que você está falando. — Mas na verdade eu sabia, é claro, e Ruth sabia disso.

— Olha só — disse ela. — Vai ficar tudo bem, tá? Eu sei o que fazer.

Parei de tentar fingir que não sabia do que ela estava falando:

— Só não quero estragar tudo. Estou falando do nosso sistema.

Ruth revirou os olhos.

— Alô! O que há para estragar? Rosemary me manda as coisas, eu passo pra você. Você acha que, depois de três meses assim, ainda não entendi como funciona?

Alarmada com o volume no qual ela tinha anunciado isso, segurei o braço dela.

— Pelo amor de Deus, Ruth — sibilei. — Quer calar essa boca? Só porque estamos no meio do nada não significa que não pode ter você-sabe-o que por perto. Qualquer um daqueles pais corujas ali poderia ser um F-E-D-E-R-A-L.

Ruth revirou os olhos de novo.

— Por favor. — Foi tudo o que ela disse.

Ela estava certa, é claro. Eu estava exagerando. Mas não havia como negar o fato de que Ruth tinha se tornado muito relaxada no quesito discrição. Basicamente, desde que decidimos toda essa coisa do acampamento, ela se tornou completamente incapaz de manter qualquer outra coisa na cabeça. Durante várias semanas antes de irmos para o treinamento de monitores, Ruth ficava dizendo: "Você não está *empolgada*? Não está *surtando*?" Como se estivéssemos indo para Paris com o Clube de Francês ou algo do tipo, e não para o norte de Indiana para sermos escravizadas como monitoras de acampamento durante seis semanas. Eu vivia querendo dizer a ela: "Cara, pode não ser no bufê, mas ainda é um *trabalho*."

E é bem verdade que ainda tenho meu trabalho não oficial a cumprir também.

O problema era que o entusiasmo de Ruth era totalmente contagioso. Por exemplo, ela ficava falando sobre como íamos passar todas as nossas tardes em boias de pneus, flutuando nas águas paradas do lago Wawasee e nos bronzeando. Ou que alguns dos monitores eram uns gatos e iam se apaixonar loucamente por nós e oferecer carona em seus carros conversíveis até as dunas de Michigan.

É sério.

E depois de um tempo eu, sei lá, meio que comecei a acreditar nela.

E esse foi meu segundo erro. Quer dizer, depois do primeiro: me candidatar ao emprego.

As descrições de Ruth dos campistas, por exemplo. Prodígios infantis, ela tinha dito para mim. E realmente é preciso fazer um teste para sequer conseguir ser avaliado para uma vaga, tanto como campista quanto como monitor. As histórias de Ruth sobre as crianças das quais ela tinha cuidado no ano anterior — um chalé cheio de garotinhas sensíveis, criativas e superinteligentes, que ainda escreviam cartas fofas e engraçadas para ela um ano depois — me impressionaram muito. Não tenho irmãs, então quando Ruth começou a falar sobre as sessões de fofoca e penteados à meia-noite, sei lá, comecei a pensar: tá, tudo bem. Talvez eu goste disso.

É sério. Eu fui de "é apenas um trabalho" a "eu *quero* acompanhar garotinhas adoráveis que tocam violino e flauta até a piscina do Urso-Polar todas as manhãs. Eu *quero* ter certeza de que nenhuma delas está ficando anoréxica e posso fazer isso controlando a ingestão de calorias nas refeições delas. Eu *quero* ajudá-las a escolher o que vestir na noite do Concerto Orquestral do Acampamento."

Parecia que eu tinha ficado retardada. Eu mal podia esperar para assumir a liderança do chalé para o qual tinha sido designada — Chalé Frangipana. Oito caminhas, além da minha em um cômodo separado, em uma casinha (com ar-condicionado, felizmente) que tinha uma minicozinha para lanches e um banheiro com vários chuveiros e cabines com vasos sanitários. Eu cheguei ao ponto de pendurar uma faixa (com letras tortas) em cima da linda varandinha cercada de tela que tinha na frente da casa com as palavras *Bem-vindas, Frangipanas!*

Olha, sei como isso soa. Mas Ruth tinha me colocado em uma espécie de frenesi de monitora de acampamento.

No entanto, ali parada, olhando para as crianças por quem eu seria responsável pela maior parte de julho e agosto, comecei a ter dúvidas. Ninguém quer ter que ficar ao lado de um bufê quando está fazendo 32°C lá fora, mas pelo menos uma mesa térmica não enfia o dedo no nariz e depois tenta segurar na sua mão com o mesmo dedo.

Foi quando eu estava observando todas aquelas crianças dando adeus aos pais, me perguntando se eu tinha acabado de cometer o pior erro da minha vida, que Pamela, a diretora-assistente do acampamento, veio até mim e, com a prancheta na mão, sussurrou no meu ouvido:

— Podemos conversar?

Eu admito: meu coração acelerou um pouco. Achei que tinha sido descoberta...

Porque, é claro, havia uma coisinha que eu tinha deixado de fora da minha ficha de inscrição para o emprego. Eu só não tinha pensado que seria descoberta tão rápido.

— Hum, claro — falei. Pamela era, afinal, minha chefe. O que eu ia dizer, "cai fora"?

Fomos para longe de Ruth, que ainda estava olhando em êxtase para o que eu tinha que admitir serem campistas bastante infelizes. Juro, acho que Ruth nem reparou quantas daquelas crianças estavam chorando.

Então percebi que Ruth não estava olhando para as crianças. Estava olhando para um dos monitores, um violinista muito gato chamado Todd, que conversava com alguns pais. Foi quando notei que, na cabeça de Ruth, ela não estava parada debaixo da minha faixa malfeita, observando um bando de crianças gritar "mamãe, por favor, não me deixe". Não mesmo. Na cabeça de Ruth, ela estava no conversível de Todd, indo em direção às dunas para comer peixe frito com molho tártaro e fazer pegação, mas só da cintura para cima.

Ruth sortuda. Ela tinha Todd — pelo menos em sua cabeça — enquanto eu tinha que me contentar com Pamela, uma mulher prática de roupa cáqui, perto dos 40 anos, que provavelmente estava prestes a me demitir... o que explicaria por que ela tinha passado o braço por cima dos meus ombros de forma solidária enquanto andávamos.

Pobre Pamela. Ela sem dúvida não estava ciente de que um dos meus problemas — pelo menos de acordo com o Sr. Goodhart, meu orientador na Ernest Pyle High School — é aversão total a ser tocada. De acordo com o Sr. G, sou extremamente sensível quanto ao meu espaço pessoal e não gosto que ele seja invadido.

O que não é tecnicamente verdade. Tem uma pessoa que eu não me importaria se invadisse meu espaço pessoal.

O problema é que ele não faz isso o bastante.

— Jess — disse Pamela enquanto andávamos. Ela não pareceu notar o fato de que eu tinha começado a suar por causa do nervosismo de estar prestes a ser demitida, nem que eu tentava me controlar para não empurrar o braço dela para longe de mim. — Receio que tenha havido uma pequena mudança de planos.

Mudança de planos? Isso não me pareceu uma introdução a um aviso de demissão. Seria possível que meu segredo, que não era mais tanto um segredo mas que aparentemente ainda não tinha chegado aos ouvidos de Pamela, ainda estava seguro?

— Ao que parece — prosseguiu Pamela —, um dos seus companheiros monitores, Andrew Shippinger, está com mononucleose.

Por mais que eu estivesse aliviada por nossa conversa não estar indo na direção de "receio que vamos ter que demitir você", admito que eu não sabia o que devia fazer com essa informação. A coisa sobre Andrew. Eu o conheci na semana de treinamento de monitores. Ele tocava trompa e era obcecado por Tomb Raider. Era um dos monitores que Ruth e eu tínhamos classificado como "Impegável". Tínhamos três listas, sabe: os Impegáveis, como Andrew. Os Pegáveis, que eram, você sabe, ok mas nada que fizesse o coração disparar.

E, por fim, havia os Gatos. Os Gatos eram os caras como Todd, que, assim como Joshua Bell, o famoso violinista, tinham tudo: boa aparência, dinheiro, talento... e o mais importante, um carro.

E isso era meio estranho. O fato de um carro ser pré-requisito para alguém ser Gato. Principalmente porque Ruth tem seu próprio carro, que ainda por cima é conversível.

Mas, de acordo com Ruth — que era quem tinha inventado todas essas regras —, ir para as dunas em seu próprio carro simplesmente não conta.

O problema é que as chances de um Gato olhar mais de uma vez na direção de Ruth ou na minha são nulas.

Não que sejamos barangas, mas não somos nenhuma Gwyneth Paltrow.

E toda essa coisa de Pegáveis/Impegáveis? Pois é, preciso dizer que nem eu nem Ruth algum dia "pegamos" alguém?

E preciso dizer: pelo jeito que as coisas vão indo, acho que não vai acontecer.

Mas *Andrew Shippinger*? Totalmente Impegável. Por que Pamela estava falando comigo sobre ele? Será que ela achava que *eu* tinha passado mononucleose para ele? Por que sempre sou culpada por tudo? O único jeito dos meus lábios tocarem nos de Andrew Shippinger seria se ele engolisse muita água na piscina e precisasse de respiração boca a boca.

E quando Pamela ia tirar o braço dali?

— O que nos deixa — prosseguiu ela — com um déficit nos monitores do sexo masculino. Tenho muitas garotas na lista de espera, mas nenhum outro garoto.

Mais uma vez, me perguntei o que aquilo tinha a ver comigo. É verdade que tenho dois irmãos, mas se Pamela estava pensando que algum deles seria um bom monitor de acampamento, andou tomando ar fresco demais nas ideias.

— Então eu estava pensando — continuou Pamela — se você ficaria muito chateada se eu transferisse você para o chalé que Andrew ia monitorar.

Naquele momento, se ela tivesse me pedido para matar a mãe dela, provavelmente eu teria dito que sim. Eu estava muito aliviada por não estar sendo despedida, e teria feito absolutamente qualquer coisa para fazer aquele braço sair de cima de mim. Não é só que eu tenha problema com as pessoas tocarem em mim. Tá, estou dizendo que tenho. Se você não me conhece, guarde suas mãos com você. Qual é a dificuldade?

Mas você ficaria surpreso com o tanto que essas pessoas do acampamento gostam de tocar na gente. Adoram exercícios de confiar que o outro segura você e atividades em que temos que dar as mãos e nos contorcermos para nos soltar.

Mas esse não era meu único problema com Pamela. Além dos meus outros "problemas", tenho uma coisa com figuras de autoridade. Provavelmente tem a ver com o fato de que, na primavera passada, uma dessas tentou atirar em mim.

Então fiquei ali parada, suando que nem louca, com as palavras "claro, tá, como quiser, me solta" já saindo dos meus lábios.

Mas antes que eu pudesse dizer qualquer uma dessas coisas, Pamela deve ter percebido o quanto eu estava desconfortável com o lance do braço — ou ela se deu conta do quanto estava ficando molhada por causa do meu suor intenso. De qualquer forma, ela afastou o braço de mim e de repente consegui respirar direito novamente.

Olhei ao redor, me perguntando onde estávamos. Eu tinha perdido a noção de localização por Pamela estar encostando em mim. Abaixo de nós estava o caminho de cascalho que levava a vários dos prédios do Camp Wawasee. Ali perto ficava o refeitório, recém-reformado com um teto de 6 metros de altura. Ao lado, os escritórios da administração do acampamento. Depois, a enfermaria. Ao lado dela, o prédio de música, uma estrutura modular em sua maior parte subterrânea para preservar a atmosfera florestal do local, com uma enorme claraboia que iluminava um saguão. O ambiente lá dentro era cheio de árvores do qual partiam corredores que levavam a salas de aula com isolamento acústico, salas de ensaio, e assim por diante.

O que eu não conseguia ver eram a piscina olímpica e a meia dúzia de quadras de tênis de saibro. Não que as crianças tivessem muito tempo para nadar e jogar tênis com o tanto que tinham que ensaiar para o concerto orquestral de final de acampamento que acontecia no anfiteatro ao ar livre, com novecentos lugares. Mas nada estava bom o bastante para esses geniozinhos desabrochantes. Perto do anfiteatro ficava a Toca, onde os campistas se reuniam todas as noites para dar os braços e cantar enquanto assavam marshmallows ao redor de uma fogueira.

Dali o caminho se curvava até os vários chalés — uma dúzia para as garotas de um lado do acampamento e uma dúzia para os garotos do outro lado — e então descia para o lago particular do Camp Wawasee, com sua gloriosa superfície espelhada e contorno arborizado. Na verdade, as janelas do Chalé Frangipana davam vista para o lago. Da cama em meu quartinho particular, eu podia ver a água sem nem precisar erguer a cabeça.

Só que, pelo visto, aquela não era mais minha cama. Eu podia sentir o Chalé Frangipana, com sua vista para o lago, as flautistas angelicais, as sessões de fofoca e os penteados à meia-noite, se afastando de mim, como água descendo pelo ralo de um, bem, de uma mesa térmica.

— É que, de todas as nossas monitoras deste ano — prosseguiu Pamela —, você realmente me parece a mais capaz de lidar com um chalé cheio de meninos. E você se saiu tão bem nos cursos de primeiros socorros e de salva-vidas...

Que ótimo. Estou sendo perseguida por causa do meu conhecimento da manobra de Heimlich — aprimorada, é claro, pelos anos trabalhando no ramo culinário.

— ... que sei que posso colocar esses garotos nas suas mãos sem me preocupar com eles nem mais um segundo.

Pamela estava mesmo pegando pesado. Não me pergunte por quê. Ela era minha chefe. Tinha todo o direito de me transferir para outro chalé se quisesse. Afinal, era ela quem assinava meus contracheques.

Talvez no passado ela tenha mudado uma monitora para um chalé de meninos e levado bronca. Talvez a garota que ela transferiu tenha pedido demissão ou algo assim. Não sou do tipo que pula fora. É um fato que os meninos dariam mais trabalho e seriam menos divertidos, mas o que eu podia fazer?

— Tá — falei. Minha nuca ainda estava úmida no local onde o braço dela tinha ficado encostado. — Tudo bem, sem problemas.

Pamela esticou a mão para segurar meu cotovelo enquanto olhava fixamente para o meu rosto. Ser segurada no cotovelo não era tão ruim quanto ter o braço dela em cima dos meus ombros, então consegui permanecer calma.

— Você está falando sério, Jess? — perguntou ela. — Vai mesmo aceitar?

O que eu ia dizer? Não? E me arriscar a ser mandada para casa, onde eu teria que passar o restante do verão suando ao lado de travessas de almôndegas e *manicotti* no Joe Junior's? E quando não estivesse no restaurante, as únicas pessoas que eu teria para sair seriam meus pais (não, obrigada); meu irmão Mike, que estava se preparando para se mudar para seu primeiro ano em Harvard e passava o tempo todo no computador mandando e-mails para seu novo colega de quarto, tentando determinar quem ia levar o frigobar e quem ia levar o scanner; ou meu outro irmão, Douglas, que não fazia nada o dia todo além de ler quadrinhos no quarto, só saindo para as refeições e para ver *South Park*.

Isso sem mencionar o fato de que havia semanas que uma van branca estava estacionada no lado oposto da rua, bem em frente à nossa casa, e parecia não pertencer a ninguém do bairro.

Hum, não, obrigada. Eu ficaria ali mesmo, apesar de tudo.

— É, vou — falei. — Como quiser. Só me diga para que chalé tenho que ir e começo a levar minhas coisas.

Pamela me abraçou. Não posso dizer muito sobre os talentos gerenciais dela. Uma coisa que você não veria meu pai fazendo era abraçar uma das funcionárias por concordar em fazer o que ele tinha pedido. Era mais provável que ele falasse um grande "até mais" se ela falasse qualquer coisa além de "sim, Sr. Mastriani".

— Que ótimo! — gritou Pamela. — Isso é fantástico! Você é uma bonequinha, Jess.

É, essa sou eu. A própria Barbie.

Pamela olhou para a prancheta.

— Você vai ficar no Chalé Bétula agora.

Chalé Bétula. Eu ia trocar frangipana por bétula. A história da minha porcaria de vida.

— Agora só tenho que me certificar de que a substituta vai poder chegar esta noite. — Pamela ainda olhava para a prancheta. — Acho que ela é da sua cidade. E é flautista também. Talvez você a conheça. Karen Sue Hanky?

Eu tive que sufocar uma grande gargalhada. Karen Sue Hanky? Se Karen Sue descobrisse que *ela* estava sendo transferida para um chalé de garotos, *certamente* teria chorado.

— É, conheço — falei evasivamente. *Cara, você está cometendo um grande erro*, foi o que pensei comigo mesma. Mas não falei em voz alta, é claro.

— Ela foi muito bem na entrevista — disse Pamela, ainda olhando para a prancheta —, mas só conseguiu um cinco na apresentação.

Ergui minhas sobrancelhas. Não era novidade para mim, é claro, que Karen Sue não sabia tocar nada. Mas parecia errado Pamela admitir isso na minha frente. Acho que ela pensou que fôssemos amigas agora, pelo fato de eu não ter chorado quando ela me falou que eu seria transferida para um chalé de meninos.

Mas o negócio é que já tenho todos os amigos que consigo aguentar.

— E ela tem só a quarta cadeira — murmurou, olhando para a prancheta. Então deu um longo suspiro. — Ah, bem. O que mais podemos fazer?

Pamela sorriu para mim e então começou a ir na direção da área administrativa. Ela aparentemente tinha esquecido o fato de que tenho apenas a terceira cadeira, só uma posição na frente de Karen Sue.

Minha pontuação na apresentação de teste do acampamento, no entanto, tinha sido dez. Dez em dez.

Ah, sim. Eu sou o máximo.

Bem, pelo menos na flauta. Não sou o máximo em muitas outras coisas.

Achei melhor ir andando, se eu ia querer juntar minhas coisas antes que alguma das meninas do Frangipana aparecesse e entendesse errado... como, por exemplo, que o Camp Wawasee era desorganizado ou coisa do tipo. Na verdade, eles eram, é claro, como podia ser provado tanto pelo desastre com a faixa — o que contei no começo — quanto pelo fato de que tinham me contratado. Será que haviam ao menos pesquisado meu nome no Yahoo!? Se tivessem, poderiam ter tido uma surpresinha desagradável.

Desviando do bando de cachorros simpáticos — um pouco simpáticos *demais*, se você quer saber; era preciso empurrá-los com o joelho para escapar das línguas longas e quentes — que andavam livremente pelo acampamento, segui em direção ao Chalé Frangipana, onde comecei a jogar minhas coisas na bolsa em que tinha levado tudo.

Fiquei um pouco chateada em pensar que era Karen Sue Hanky quem ia apreciar a excelente vista do lago Wawasee da cama que tinha sido minha. Eu a conhecia desde o jardim de infância, e se alguém sofria de ego inflado essa era Karen Sue. De verdade. Ela achava que era tudo aquilo porque o pai dela era dono da maior concessionária de carros da cidade, ela por acaso era loura e tinha a quarta cadeira de flauta na orquestra da escola.

E, sim, era preciso fazer um teste para tocar na Orquestra Sinfônica, e, sim, a orquestra tinha ganhado muitos prêmios e era composta só por estudantes do terceiro e quarto anos do Ensino Médio, e Karen e eu tínhamos conseguido entrar nela no segundo ano, mas, por favor. Eu pergunto a você, no vasto espectro das coisas, a quarta cadeira da Orquestra Sinfônica é alguma coisa? Alguma coisa importante? Não. Nem um pouco.

Mas para Karen era. Ela jamais descansaria até chegar à primeira cadeira. Mas para isso, ela precisaria desafiar e vencer a pessoa que tinha a terceira.

É. Eu.

E posso dizer que isso não ia acontecer. Não neste mundo. Eu não chamaria conseguir a terceira cadeira da Orquestra Sinfônica da Ernest Pyle High School de uma conquista fenomenal, mas não era uma coisa que eu ia deixar Karen Sue tirar de mim. De jeito nenhum.

Não do jeito que ela estava tirando o Chalé Frangipana.

Bem, decidi que frangipana era uma planta idiota, de qualquer forma. Era fedida. Uma grande flor fedida. Bétulas eram muito melhores.

Ao menos foi o que eu disse para mim mesma.

Foi só quando cheguei ao Chalé Bétula que mudei de opinião. Tá, primeiro de tudo, posso dizer que seria um tremendo pesadelo logístico supervisionar oito meninos? Como eu ia conseguir tomar um banho sem nenhum deles entrar para usar a privada, ou pior, para me espiar, como garotinhos tendem a fazer? (E às vezes os não tão novos, como serviam de exemplo meus irmãos, que passavam grandes períodos de tempo olhando de binóculo para Claire Lippman, a vizinha.)

Além do mais, o Chalé Bétula era o mais distante de todos — da piscina, do anfiteatro, do prédio de música. Era praticamente no meio do *mato*. Não tinha vista nenhuma do lago. Não havia nem iluminação lá, pois as folhas dos galhos das árvores acima não deixavam passar nenhum raio de sol. Tudo era úmido e tinha cheiro de mofo. *Tinha* mofo nos chuveiros.

Deixe-me ser a primeira a lhe contar: sabe o Chalé Bétula? É, uma bosta.

Senti saudade do Chalé Frangipana e das garotinhas cujos cabelos eu já poderia estar trançando. Se eu soubesse fazer trança, claro.

Ainda assim, talvez elas pudessem ter me ensinado. Minhas pequenas campistas.

E quando terminei de guardar minhas coisas, saí do chalé e vi os primeiros garotos vindo na minha direção arrastando as malas e os instrumentos atrás de si, senti ainda mais saudade do Chalé Frangipana.

Estou falando sério. Nunca se viu um grupo de garotos mais imundos e com caras de mal-humorados. Eles tinham de 10 a 12 anos, mas não eram estilo Harry Potter, travessos mas de bom coração.

Ah, não.

Longe disso.

Aqueles garotos pareciam exatamente o que eram: pequenos prodígios musicais mimados de quem os pais mal podiam esperar para tirar umas férias.

Os garotos todos pararam quando me viram e ficaram ali parados, piscando atrás das lentes dos óculos embaçados devido à umidade. Os pais deles, que os estavam ajudando com a bagagem, pareciam desejar ir para o mais longe do Camp Wawasee que pudessem — de preferência para um lugar onde jarras de margaritas estivessem sendo servidas.

Eu me apressei em fazer o discurso que tinha aprendido no treinamento de monitores. Lembrei-me de substituir a palavra *frangipana* por *bétula*.

— Bem-vindos ao Chalé Bétula — falei. — Sou sua monitora, Jess. Vamos nos divertir muito juntos.

Dava para perceber que os pais não estavam nem ligando para o fato de eu não ser um garoto. Pareciam satisfeitos pelo fato de eu, é óbvio, tomar banho regularmente e de saber falar inglês.

Os garotos, no entanto, pareciam chocados. Chateados e chocados.

Um deles falou:

— Ei, você é uma *garota*.

Outro quis saber:

— O que uma monitora menina está fazendo em um chalé de meninos?

Um terceiro falou:

— Ela não é uma menina. Olha só o cabelo dela. — Achei esse comentário altamente insultante, considerando o fato de que meu cabelo não é *tão* curto.

Por fim, o garoto com aspecto mais mal-humorado de todos, o que tinha cabelo com mullet e problemas de peso, falou:

— Ela é uma garota, sim. É aquela garota da TV. A garota relâmpago.

E com isso meu disfarce foi por água abaixo.

Capítulo 2

Aquela era eu. Garota Relâmpago. A garota da TV.

Que sorte a minha. Que tremenda, enorme *sorte* a minha. Será que existia alguma garota com mais sorte do que eu? Acho que não...

Ah, espere — eu sei. Que tal uma garota que *não* foi atingida por um raio e *não* desenvolveu poderes psíquicos estranhos da noite para o dia? Pois é. *Essa* garota deve ter mais sorte do que eu. Essa garota deve ter *muito* mais sorte do que eu. Você não acha?

Olhei para o Cabeça de Mullet. Na verdade, não era preciso olhar tanto para baixo, porque ele era quase do meu tamanho — o que não estou dizendo que seja muito, veja bem.

De qualquer forma, olhei para baixo na direção dele e falei:

— Não sei do que você está falando.

Bem assim. Supertranquila, sabe? Estou dizendo, eu estava com tudo sob controle.

Mas não importava. Não fazia nenhuma diferença.

Um dos garotos, um magrelo que estava segurando uma caixa de trompete, falou:

— Ei, é mesmo, você *é* aquela garota. Eu me lembro de você. Você é a garota que foi atingida por um raio e ganhou um monte de poderes especiais!

Os outros garotos trocaram olhares empolgados que diziam claramente: *Legal. Nossa monitora é uma mutante.*

Um deles, no entanto, um garoto moreno de aparência delicada que não tinha pais acompanhando-o e falava com um leve sotaque, perguntou timidamente:

— Que poderes especiais?

O garoto gordinho com o corte de cabelo infeliz — um mullet, curto na frente e comprido atrás — que tinha me descoberto bateu no ombro do garotinho moreno com força. A mãe dele, de quem parecia ter herdado a atual condição de desvantagem gravitacional, nem chamou sua atenção.

— Como assim que poderes especiais? — perguntou o Cabeça de Mullet. — Onde você estava, retardado? Em outro planeta?

Todos os outros garotos riram da piada. O garotinho moreno pareceu surpreso.

— Não — falou ele, claramente intrigado pela referência ao outro planeta. — Sou da Guiana Francesa.

— Guiana? — O Cabeça de Mullet pareceu achar isso hilário. — Isso aí fica perto de Gonorreia?

A Sra. Cabeça de Mullet, para minha estupefação, riu da piada.

Isso mesmo. Riu.

Eu podia ver que o Cabeça de Mullet ia ser o que Pamela tinha chamado de desafio durante o treinamento de monitores.

— Me desculpe — falei para ele docemente. — Sei que pareço com aquela garota que apareceu na TV, mas não era eu. Agora por que vocês não vão todos entrando e...

O Cabeça de Mullet me interrompeu.

— Era você, *sim* — declarou ele, fazendo cara feia.

A Sra. Cabeça de Mullet falou:

— Chega, Shane.

Ela disse isso em um tom que mostrava que estava orgulhosa do fato de o filho não se deixar levar no papo. E era verdade. Shane não era do tipo que se deixava enrolar. Ele era, obviamente, um enorme pé no...

— Hum — falou outro pai. — Odeio interromper, mas você se importa se entrarmos logo, moça? Essa tuba pesa uma tonelada.

Dei um passo para o lado e permiti que os garotos e os pais entrassem no chalé. Só um deles parou quando passou por mim, e foi o garotinho da Guiana Francesa. Ele estava arrastando uma mala enorme e que parecia ser cara. Eu não podia ver sinal algum de instrumento musical.

— Sou Lionel — disse ele com seriedade.

Só que ele não pronunciou o nome do jeito que nós faríamos, Lai-o-nel. Ele o pronunciou Li-o-Nell, com ênfase no *Nell*.

— Oi, Lionel — falei, tentando pronunciar corretamente o nome dele. Tínhamos sido avisados no treinamento de monitores de que haveria muitas crianças de outros países, e que devíamos fazer tudo que pudéssemos para mostrar que o Camp Wawasee aceitava bem as diferenças culturais. — Bem-vindo ao Chalé Bétula.

Lionel me mostrou mais uma vez os dentes brancos perolados e entrou arrastando a mala enorme e pesada.

Decidi deixar os garotos e os pais se instalarem sozinhos, então fiquei onde estava, na varanda cercada de tela, ouvindo a bagunça lá dentro enquanto os garotos iam de um lado para o outro escolhendo as camas. Ao longe, vi alguém que estava usando uniforme de monitor — camiseta de manga curta com colarinho branco e short azul — de pé na varanda do seu chalé, olhando na minha direção. Fosse quem fosse, ele ergueu uma das mãos e acenou.

Retribuí o aceno, embora não tivesse ideia de quem era. Ei, nunca se sabe. Ele podia ter um conversível.

Levou uns dois minutos para a primeira briga começar.

— Não, é minha! — ouvi alguém dentro do chalé gritar angustiado.

Entrei sem fazer barulho. Todas as camas — que felizmente não eram beliches — tinham pertences em cima. Estava evidente que a briga não era territorial. Ao que parecia, garotinhos não ligavam muito para vistas e não sabiam nada sobre feng shui.

A briga era por uma caixa de pipoca doce Fiddle Faddle, que Shane estava segurando e Lionel evidentemente queria.

— É *minha!* — insistiu Lionel, dando um pulo em direção à caixa de pipoca doce. — Me devolve!

— Se você não tem o bastante para compartilhar — disse Shane com rigidez —, não devia nem ter trazido pra cá.

Shane era tão maior que Lionel que nem precisava segurar a caixa muito alto para que o garoto menor não conseguisse pegar. Bastava erguê-la na altura do ombro. Lionel, mesmo na ponta dos pés, não era alto o bastante para alcançar.

Enquanto isso, a mãe de Shane estava ali perto com um sorrisinho no rosto, cuidadosamente desfazendo a mala do filho e colocando tudo nas gavetas debaixo do colchão dele.

Mas o resto dos garotos e alguns dos pais estavam assistindo com interesse ao desenrolar do pequeno drama no Chalé Bétula.

— Não te ensinaram em Gonorreia sobre dividir o que tem? — perguntou Shane.

Eu sabia que uma ação rápida e decisiva era necessária. Não podia fazer o que gostaria, que seria dar um tapão na cabeça de Shane. Pamela e o resto da equipe administrativa do Camp Wawasee tinham sido bem claros sobre punição física: eram totalmente contra. Era por isso que passavam quatro horas de um de nossos dias de treinamento falando sobre ações disciplinares apropriadas e inapropriadas. Dar tapões na cabeça dos campistas era expressamente proibido.

Em vez disso, dei um passo à frente e peguei a caixa de Fiddle Faddle da mão de Shane.

— Não é permitido no Chalé Bétula nenhum tipo de comida vinda de fora — declarei em voz alta. — O único alimento que qualquer um pode trazer para este chalé é a do refeitório. Está claro?

Todo mundo ficou olhando para mim, alguns consternados. A mãe de Shane parecia particularmente chocada.

— Bem, isso é uma grande mudança em comparação ao ano passado — disse com uma voz aguda e açucarada demais para uma mulher que tinha gerado, como ela, a semente de Satanás. — Ano passado os garotos podiam trazer de casa todos os doces e biscoitos que quisessem. Foi por isso que coloquei isto aqui na mala.

A mãe de Shane puxou outra mala e a abriu, revelando o que parecia todo o conteúdo de uma estante de doces de um 7-Eleven. Os outros garotos se reuniram em volta, os olhos arregalados ao ver tantos produtos Nestlé, Mars e Hershey's.

— Contrabando — falei, apontando para a mala. — Leve para casa com você, por favor.

Os meninos gemeram. Os muitos queixos da Sra. Shane começaram a tremer.

— Mas Shane sente fome no meio da noite... — disse ela.

— Vou me certificar de que haja lanches saudáveis o bastante para todos os garotos — falei.

Eu obviamente estava inventando a regra sobre comida vinda de fora. Só não queria ter que ficar apartando brigas por causa de Fiddle Faddle a cada cinco minutos.

Como se lendo meus pensamentos, a mãe de Shane olhou para a caixa na minha mão.

— Bem, e quanto a essa aí? — perguntou ela, apontando para a caixa. — Não dá pra mandar de volta pra casa com os pais *dele*... — O dedo acusador se virou na direção de Lionel. — Nem se deram ao trabalho de vir.

Hum, porque moram na *Guiana Francesa*, eu quis dizer para ela. Alôou!

Em vez disso, me peguei dizendo possivelmente a coisa mais idiota de todos os tempos:

— Esta caixa de Fiddle Faddle vai permanecer sob minha custódia até que o acampamento acabe, quando será devolvida a seu verdadeiro dono.

— Bem. — A mãe de Shane torceu o nariz. — Se Shane não pode comer doce nenhum, acho que os outros garotos também não devem ter permissão. Espero que você fiscalize as malas deles também.

E foi assim que, quando chegou a hora do jantar, eu tinha cinco caixas de Fiddle Faddle, dois pacotes de biscoito Oreo com recheio duplo, um pacote com dez barras de chocolate Snickers, dois sacos de Fritos e um de Doritos, sete tubos de bala de iogurte Gogurt de vários sabores, um pacote de biscoito com gotas de chocolate Chips Ahoy, uma caixa de cereal Count Chocula, um saco de um quilo de Skittles e uma embalagem com seis garrafas de achocolatado Yoo-Hoo trancados no meu quarto. Os pais, felizmente, tinham ido embora, expulsos do acampamento pelo som do gongo do jantar. As despedidas foram sinceras, exceto no caso da mãe de Shane, não muito emocionada. Em algum lugar lá fora, muitas champanhes estavam sendo estouradas.

Assim que o último pai foi embora, informei aos garotos que íamos para o refeitório, mas que, antes, eu queria saber o nome de todos eles. Depois disso, falei que ensinaria a eles a música oficial do Chalé Bétula.

Eu já conhecia Shane e Lionel. O garoto magrelo que tocava trompete se chamava John. O que tocava tuba se chamava Arthur. Tínhamos dois violinistas, Sam e Doo Sun, e dois pianistas, Tony e Paul. Eram todos do tipo músicos talentosos: pálidos, com tendências alérgicas e inteligentes demais.

— Como é que você disse para nós que não é a garota da TV, quando totalmente é? — quis saber John.

— É — disse Sam. — E como é que você só consegue encontrar crianças desaparecidas com seus poderes paranormais? Por que não consegue encontrar coisas legais, como ouro?

— Ou o controle remoto. — Eu já podia notar que Arthur ia compensar o nome infeliz sendo o comediante do chalé.

— Prestem atenção — falei. — Eu já disse. Não sei do que vocês estão falando. Eu só me pareço com a garota relâmpago, tá? Não sou eu. Agora... — Senti que uma mudança de assunto era necessária. — Shane, você ainda não nos contou que instrumento você toca.

— Flauta de vara — disse Shane. Todos os garotos caíram na gargalhada com uma piadinha maliciosa, menos Lionel.

— É mesmo? — Lionel parecia timidamente feliz. — Eu também toco flauta.

Shane gargalhou alto ao ouvir isso.

— É claro! — gritou ele. — Considerando que você é de Gonorreia!

Agora que a mãe dele tinha ido embora, me senti à vontade para andar até ele e dar-lhe um peteleco na orelha com meu dedo do meio usando força o bastante para produzir um estalo satisfatório. Um dos meus outros problemas, no qual prometi ao Sr. Goodhart trabalhar durante minhas férias de verão, era uma tendência em descontar minhas frustrações nos outros por meio da força — motivo pelo qual passei a maior parte do meu segundo ano em detenção.

— Ai! — gritou Shane, me lançando um olhar indignado. — Por que você fez *isso*?

— Enquanto você morar no Chalé Bétula, vai se comportar como um cavalheiro, o que significa que vai se controlar e não fazer referências sexuais óbvias perto de mim. Além disso, não vai insultar o país de origem de outras pessoas — informei a ele e aos outros garotos, que estavam olhando para nós.

O rosto de Shane era o próprio retrato da confusão.

— Hã? — disse ele.

— Nada de falar de sexo — traduziu John para ele.

— Ah. — Shane parecia enojado. — Então como é que vou me divertir?

— Vai se divertir de uma maneira comportada — informei a ele. — E é agora que a música oficial do Chalé Bétula entra.

E então, enquanto fazíamos a longa caminhada até o refeitório, ensinei a música a eles.

Sua mãe é pu, sua mãe é pu...
...ra e sincera.
Seu pai é vi, seu pai é vi...
...drado nela.
Eu vou te dar, eu vou te dar...
...uma fotografia
chupando pi, chupando pi...
...tanga verde.

— Estão vendo? — falei enquanto andávamos. Nossa caminhada até o refeitório era a mais longa de todos os grupos, então, quando chegamos lá, os garotos já tinham decorado a música toda. — Não tem palavrões.

— Quase tem — disse Doo Sun felizinho.

— É a música mais idiota que já ouvi — resmungou Shane.

Mas percebi que ele estava cantando mais alto do que todo mundo quando entramos no refeitório. Logo descobrimos que nenhum dos outros chalés tinha música oficial. Os meninos do Chalé Bétula cantavam a sua sem disfarçar a animação enquanto pegavam as bandejas e entravam na fila para se servir.

Vi Ruth sentada com as garotas do seu chalé. Ela acenou para mim. Andei até ela.

— O que está acontecendo? — quis saber Ruth. — O que você está fazendo com todos aqueles garotos?

Expliquei a situação. Depois de ouvir tudo, o queixo de Ruth caiu e ela falou, com os olhos azuis brilhando por trás dos óculos:

— Mas isso é tão injusto!

— Vai ficar tudo bem — falei.

— O quê? — Shelley, que era violinista e também monitora, chegou com uma bandeja cheia de batatas fritas com chili e gelatina.

Ruth contou a ela o que tinha acontecido. Shelley pareceu horrorizada.

— Que *absurdo* — disse ela. — Um chalé de meninos? Como você vai tomar banho?

Ao ver todo mundo furioso em solidariedade a mim, comecei a me sentir um pouco melhor com a situação. Dei de ombros e falei:

— Não vai ser tão ruim. Vou dar um jeito.

— Sei o que você pode fazer — concluiu Shelley. — Tome banho na piscina, no vestiário feminino.

— Ou um dos caras dos chalés perto do seu podem manter seus campistas ocupados — disse Ruth. — Não seria o fim do mundo para Scott ou Dave se tivessem que ficar com alguns garotos extras por meia hora de vez em quando.

— O que não seria o fim do mundo? — Scott, que tocava oboé e usava óculos de lentes grossas mas que ainda assim tinha sido classificado como Pegável graças à sua altura (pouco mais 1,80 metro) e às suas coxas (musculosas), se aproximou, seguido de perto por sua sombra, um oriental atarracado que tocava trompete e se chamava Dave... também classificado como Pegável, por cortesia de uma surpreendente barriga tanquinho.

— Transferiram a Jess para um chalé de garotos — informou Shelley.

— É sério? — Scott pareceu interessado. — Qual?

— Bétula — falei, com cuidado.

Scott e Dave trocaram olhares de entusiasmo.

— Ei! — gritou Scott. — É bem perto dos nossos! Somos vizinhos!

— Foi você? — Dave sorriu para mim. — Que acenou pra mim?

— Foi — falei. Mas você acenou primeiro.

Não falei essa última parte em voz alta, no entanto. Fiquei curiosa para saber se Dave ou Scott tinham um conversível. Eu duvidava.

Não que eu me importasse. Eu era comprometida. Pelo menos na minha opinião.

— Não se preocupe, Jessica — disse Dave, dando uma piscadela. — Vamos cuidar de você.

Era o que eu precisava. Ser cuidada por Scott e Dave. U-hu.

Ruth espetou um pedaço de alface. Ela estava comendo salada, como sempre. Ruth passaria fome o verão inteiro só para ficar bem em um biquíni que ela jamais teria coragem de usar. Se Scott ou Dave ou, bem, qualquer cara a convidasse para ir com ele até as dunas, ela iria vestindo uma camiseta e um short que não tiraria, mesmo sob uma tremenda onda de calor.

Ruth olhou para mim por cima de uma garfada de alface.

— O que foi aquela música indecente que você fez os garotos cantarem enquanto entravam?

— Não era indecente — falei.

— Parecia.

Scott, que tinha se sentado ao lado de Ruth em vez de se sentar com o pessoal do seu chalé como deveria, estava comendo espaguete e almôndegas. E estava fazendo tudo errado, cortando o macarrão em pedaços em vez de enrolar no garfo. Meu pai teria uma embolia se visse aquilo.

Concluí que Scott devia gostar de Ruth. Eu sabia que ela era a fim de Todd, o violinista gato, mas Scott não era um cara ruim. Eu torcia para que ela desse uma chance a ele. Quem toca oboé costuma ser mais bem-humorado do que os violinistas.

— Tecnicamente, aquela música não era nada indecente — falei.

— Ai, meu, Deus — disse Ruth, fazendo uma careta para alguma coisa que tinha visto atrás de mim. — O que *ela* está fazendo aqui?

Olhei para trás. Quem estava de pé atrás de mim era Karen Sue Hanky. Eu não via Karen Sue desde o começo das férias, mas ela estava do mesmo jeito de sempre: com cara de rato e ar superior. Segurava uma bandeja cheia de grãos e legumes. Karen Sue é vegana.

Então percebi que ao lado de Karen Sue estava Pamela.

— Com licença, Jess? — disse Pamela. — Posso falar com você na minha sala por um minuto?

Lancei um olhar raivoso para Karen Sue. Ela sorriu de forma afetada para mim.

Percebi que aquele seria um longo verão.

Em mais de um aspecto.

Capítulo 3

— Não era indecente — falei ao seguir Pam até a sala dela.

— Eu sei — disse Pamela. Ela se sentou jogando todo seu peso em uma cadeira em frente à mesa. — Mas parece. Tivemos reclamações.

— Já? — Eu estava chocada. — De quem?

Mas eu sabia. Karen Sue, além de todo o lance vegan, é completamente puritana.

— Olha só, se isso é um problema, digo a eles que não podem mais cantar.

— Tudo bem. Mas para falar a verdade, Jess, não foi por isso que te chamei aqui.

De repente, senti como se alguém tivesse derramado um copo de refrigerante nas minhas costas.

Ela sabia. Pamela *sabia*.

E eu nem tinha percebido.

— Veja bem, eu posso explicar — falei.

— Ah, pode? — Pamela sacudiu a cabeça. — Acho que em parte a culpa é nossa. Quer dizer, como o fato de você ser *a* Jessica Mastriani não foi detectado em todo o processo de seleção, não consigo imaginar...

Imagens do bufê dançaram na minha mente.

— Escute, Pamela. — Falei baixinho e rápido. — Sabe aquela coisa toda de ser atingida por um raio? Pois bem, é verdade. O que quero dizer é que fui mesmo atingida por um raio. E por um tempo tive mesmo uns poderes especiais. Bem, um, pelo menos. Eu conseguia encontrar crianças desaparecidas e tal. Mas era só isso. E o negócio, como você provavelmente sabe, é que o poder sumiu.

Falei essa última parte bem alto, para o caso de meus amigos, os agentes especiais Johnson e Smith, terem colocado microfones naquela sala. Eu não tinha visto nenhuma van branca estacionada perto do acampamento, mas nunca se sabe...

— Sumiu? — Pamela estava olhando para mim com nervosismo. — De verdade?

— Aham. Os médicos me disseram que provavelmente sumiria. Depois que o relâmpago acabasse de reverberar dentro de mim e tudo mais. — Pelo menos era assim que eu gostava de pensar. — E no final das contas, eles estavam certos. Agora estou sem nenhum poder paranormal. Então, hum, não tem nada com que você precise se preocupar no que diz respeito a publicidade ruim para o acampamento ou hordas de repórteres caindo em cima de você, ou qualquer outra coisa do tipo. A coisa toda acabou.

Não era nem remotamente verdade, é claro, mas concluí que o que Pamela não soubesse não podia afetá-la.

— Não me entenda errado, Jess. Adoramos ter você aqui, principalmente com toda a sua boa vontade em relação à troca de chalés, mas o Camp Wawasse nunca passou por nenhum tipo de controvérsia nos seus cinquenta anos de existência. Eu odiaria que... bem, alguma coisa *inconveniente* acontecesse enquanto você estivesse aqui...

Acho que *inconveniente* era o jeito de Pamela se referir ao que tinha acontecido na primavera anterior, depois de eu ter sido atingida por um raio e de ter sido "convidada" a ficar na Base Militar Crane por alguns dias enquanto alguns cientistas estudavam minhas ondas cerebrais e tentavam entender como é que, só de me mostrar uma foto de uma pessoa desaparecida, eu conseguia acordar na manhã seguinte sabendo o lugar exato onde essa pessoa estava.

Infelizmente, depois de terem estudado minhas ondas cerebrais por um tempo, o pessoal da Crane decidiu que meu talento recém-descoberto podia ser útil para localizar supostos traidores e outros indivíduos desagradáveis que, na verdade, até onde eu sabia, não queriam ser encontrados. E por mais que eu estivesse tão ansiosa como todo mundo para prender assassinos em série e similares, decidi que preferia continuar só encontrando crianças desaparecidas... ou, para ser mais específica, crianças que queriam ser encontradas.

Só que o pessoal da Crane tinha ficado surpreendentemente infeliz ao ouvir isso.

Mas depois que alguns amigos meus e eu quebramos algumas janelas e cortamos uma cerca de metal e, ah, sim, explodimos um helicóptero, eles mudaram de opinião. De certa forma. Acho que ajudou o fato de eu ter chamado a imprensa e ter contado a eles que não conseguia mais fazer o negócio. Não conseguia mais encontrar pessoas desaparecidas. Meu talentozinho especial simplesmente secou, virou pó. *Puf.*

Ao menos foi o que falei para eles.

Mas dava para entender o que Pamela queria dizer. Por causa da bola de fogo gerada pela explosão do helicóptero e tudo o mais. *Tinha* aparecido em muitos jornais. Não se veem bolas de fogo todo dia. Pelo menos não em Indiana.

Pamela franziu um pouco a testa.

— O problema, Jess, é que, embora você não tenha mais, hum, poderes paranormais, como acabou de dizer, ouvi falar... Bem, eu soube que crianças desaparecidas do país inteiro ainda estão reaparecendo, de alguma forma. Muito mais do que costumava acontecer antes... bem, antes do seu pequeno acidente relacionado às condições do tempo. E graças a algumas — ela limpou a garganta — dicas anônimas.

Meu sorriso largo nem se abalou.

— Se isso for verdade, com certeza não é por minha causa. Não, senhora. Estou oficialmente aposentada do ramo de encontrar crianças.

Pamela não parecia exatamente aliviada. Parecia um pouco com alguém que queria acreditar de verdade em uma coisa, mas achava que não devia. Parecia uma criança cujos amigos contaram para ela que Papai Noel não existe, mas cujos pais ainda estavam tentando preservar o mito.

Mas o que ela podia fazer? Não podia ficar ali sentada me chamando de mentirosa. Que prova ela tinha?

Ao que tudo indicava, muitas. Ela só não sabia disso.

— Bem... — disse ela. O sorriso dela estava tão rígido quanto a faixa de boas-vindas ao Camp Wawasee tinha ficado nos pontos em que não fora corroída. — Tudo bem, então. Acho... Acho que isso é tudo.

Fiquei de pé para ir embora, me sentindo um pouco trêmula. Bem, você também ficaria trêmula se tivesse chegado tão perto de passar o resto do verão mexendo em pratos fumegantes de rigatoni à bolonhesa.

— Ah — disse Pamela, como se tivesse se lembrado de algo. — Quase esqueci. Você é amiga de Ruth Abramowitz, não é? Isso chegou pra ela outro dia. Não cabia na caixa de correio. Pode entregar a ela? Vi vocês duas sentadas juntas ainda agora, no jantar...

Pamela pegou um grande envelope acolchoado atrás da mesa e entregou para mim. Fiquei ali parada, olhando para ele com a garganta seca.

— Hum — falei. — Claro. Claro, eu entrego a ela.

Minha voz soou rouca de uma forma incomum. Bem, e como não? Pamela não sabia, é claro, mas o que tinha acabado de me entregar (o conteúdo, pelo menos) podia provar que cada uma das coisas que eu tinha acabado de dizer para ela era uma mentira deslavada.

— Obrigada — disse Pamela com um sorriso cansado. — As coisas andam tão confusas...

Os cantos da minha boca começaram a doer por causa do esforço de continuar sorrindo e fingindo que não estava chateada nem nada. Eu sabia que devia ter pegado aquele envelope e corrido. Era o que eu devia ter feito. Mas alguma coisa me fez ficar e falar, ainda com aquela voz rouca:

— Posso fazer uma pergunta, Pamela?

Ela pareceu surpresa.

— É claro que pode, Jess.

Limpei a garganta e mantive o olhar fixo na caligrafia forte e cheia de curvas no envelope.

— Quem te contou?

Pamela franziu as sobrancelhas.

— Me contou o quê?

— Você sabe. Sobre eu ser a garota relâmpago. — Olhei para ela. — E aquelas coisas sobre as crianças ainda estarem sendo encontradas, embora eu tenha me aposentado.

Pamela não respondeu imediatamente. Mas isso não era problema. Eu sabia. E não precisei de nenhum poder paranormal para isso. Karen Sue Hanky ia se dar mal.

Naquele momento, ouvimos uma batida na porta da sala. Ela pareceu aliviada pela interrupção e gritou:

— Entre.

Um cara velho colocou a cabeça para dentro. Eu o reconheci. Era o Dr. Alistair, diretor do acampamento. Ele tinha o rosto meio vermelho e um monte de cabelos brancos que cresciam ao redor da cabeça calva. Diziam que era um maestro famoso, mas deixe-me fazer uma pergunta: se ele era tão famoso, o que estava fazendo dirigindo o que se resume a um acampamento musical bem-conceituado no norte de Indiana?

— Pamela — disse ele, parecendo irritado. — Tem um rapaz no telefone procurando por uma das monitoras. Falei para ele que não temos serviço de mensagens e que, se ele quer falar com um dos nossos funcionários, pode deixar um recado como todo mundo e o colocaremos no mural. Mas ele diz que é uma emergência e...

Eu me mexi com tanta rapidez que quase derrubei uma cadeira.

— É pra mim? Jess Mastriani?

Não foi nenhuma habilidade paranormal que me contou que aquele telefonema provavelmente era para mim. Foi a combinação das palavras "rapaz" e "emergência". Todos os rapazes que eu conhecia, quando confrontados por alguém como o Dr. Alistair, com certeza escolheriam a palavra "emergência" assim que ouvissem sobre o mural imbecil.

O Dr. Alistair pareceu surpreso... e não muito feliz.

— É, sim — disse ele. — Se seu nome é Jessica, então é para você. Espero que Pamela tenha te explicado que não temos serviço de mensagens aqui, e que fazer ou receber ligações pessoais, exceto nas tardes de domingo, é expressamente...

— Mas é uma *emergência* — falei.

Ele fez uma careta.

— No final do corredor. O telefone fica na mesa da recepcionista. Aperte a linha 1.

Saí da sala de Pamela em disparada.

Eu me perguntei, enquanto descia o corredor, quem poderia ser. Sabia quem eu *queria* que fosse. Mas as chances de Rob Wilkins me ligar eram de poucas a nenhuma. Ele nunca ligava para mim em casa. Por que ligaria no acampamento?

Ainda assim, era impossível não ter esperança de que Rob tivesse superado o preconceito ridículo que tem com a minha idade. E daí que ele tem 18 anos e já se formou enquanto eu ainda tenho dois anos de Ensino Médio pela frente? Ele nem vai embora da cidade na primavera para ir para a faculdade nem nada. Rob não vai fazer faculdade. Ele tem que trabalhar na oficina do tio e sustentar a mãe, que foi demitida recentemente da fábrica onde trabalhava havia uns vinte anos. A Sra. Wilkins estava tendo dificuldade em encontrar outro emprego até que sugeri o ramo culinário e dei a ela o número do telefone do Joe's. Meu pai, sem nem saber que eu conhecia a Sra. Wilkins contratou-a para trabalhar no Mastriani's durante o dia, o que não é nada ruim. Ele deixava as tarefas e os turnos ruins para os filhos. Ele acredita firmemente em nos ensinar o que chama de "ética de trabalho".

Mas quando cheguei ao telefone e apertei a linha 1, não era Rob. É claro que não era Rob. Era meu irmão Douglas.

E foi assim que eu soube *de verdade* que não era uma emergência. Se fosse emergência, teria sido *sobre* Douglas. As únicas emergências em nossa família são por causa do Douglas. Pelo menos é assim que tem sido desde que ele foi expulso da faculdade por causa das vozes que ouve e que o mandam fazer coisas, como cortar os pulsos ou enfiar a mão no carvão da churrasqueira. Coisas assim.

Mas desde que tome os remédios, ele fica bem. Bem para os padrões de Douglas, o que é um tanto relativo.

— Jess — disse ele depois que falei alô.

— Ah, oi. — Eu esperava que meu desapontamento por ser Douglas em vez de Rob não ficasse óbvio na minha voz.

— Como você está? Quem foi o maluco que atendeu? É seu chefe ou o quê?

Douglas parecia bem. O que significava que estava tomando os remédios. Às vezes ele acha que está curado, então para. Geralmente é quando as vozes voltam.

— É. Era o Dr. Alistair. Não podemos receber ligações pessoais, exceto nas tardes de domingo.

— Ele me explicou isso. — Douglas não pareceu nem um pouco incomodado pela conversa com o Dr. Alistair, o maestro mundialmente famoso. — E você prefere trabalhar com ele em vez de com papai? Pelo menos papai deixaria você receber telefonemas no trabalho.

— É, mas o pai também atrasaria meu pagamento pelo tempo que passei ao telefone.

Douglas riu. Era bom ouvi-lo rir. Ele não faz mais isso com tanta frequência.

— Iria mesmo. É bom ouvir sua voz, Jess.

— Só estou aqui há uma semana — lembrei a ele.

— Bem, uma semana é bastante tempo. São sete dias. O que dá cento e sessenta e oito horas. Que são dez mil e oitenta minutos. Que são seiscentos e quatro mil e oitocentos segundos.

Não eram os remédios que estavam fazendo Douglas falar assim. Não era nem a doença. Douglas sempre falava coisas assim. Foi por isso que na escola era conhecido como O Retardado e Sequelado, e outros apelidos bem piores. Se eu perguntasse, Douglas saberia me dizer exatamente quantos segundos faltavam para eu voltar para casa. Ele conseguia fazer esse tipo de coisa sem nem pensar.

Mas ir para a faculdade? Dirigir um carro? Conversar com uma garota que não fosse parente dele? De jeito nenhum. Não Douglas.

— Foi por isso que você me ligou, Doug? Para me dizer há quanto tempo fui embora?

— Não. — Douglas parecia ofendido. Por mais estranho que ele seja, ele não se acha nada incomum. É sério. Para Douglas, ele é um cara como outro qualquer.

Até parece. Como se um cara comum de 20 anos ficasse sentado no quarto lendo quadrinhos o dia todo. Claro.

E meus pais deixavam! Bem, minha mãe, pelo menos. Meu pai era a favor de fazer Doug trabalhar no bufê na minha ausência, mas mamãe ficava repetindo: "Mas Joe, ele ainda está se *recuperando*..."

— Liguei pra dizer que foi embora — disse Douglas.

Pisquei sem entender.

— O que foi embora, Douglas?

— Você sabe. Aquela van. A van branca. Que estava estacionada em frente a nossa casa. Foi embora.

— Ah — falei, hesitante. — *Ah*.

— É. Foi embora no dia seguinte à sua partida. E você sabe o que isso significa.

— Sei?

— Sabe. — E em seguida, provavelmente porque ficou claro para ele que eu não estava entendendo, ele explicou. — Prova que você não estava sendo paranoica. Ainda estão *mesmo* espionando você.

— Ah. Uau.

— Pois é — disse Douglas. — E isso não é tudo. Lembra que você me pediu pra te avisar se alguém que não conhecemos aparecesse, perguntando sobre você?

Fiquei animada. Eu estava sentada na cadeira da recepcionista, no escritório administrativo do acampamento. A recepcionista só voltaria no dia seguinte, mas tinha deixado todas as fotos da família, presas em vários pontos do cubículo. Ela devia gostar muito de NASCAR, porque havia muitas fotos de caras naqueles carros com aparência de vagabundos.

— É mesmo? Quem foi?

— Não sei. Ele só ligou.

Aí mesmo que fiquei mais animada ainda. Rob. Tinha que ser Rob. Minha família não sabia sobre ele porque nunca contei que estávamos saindo. Porque tecnicamente não estamos. Não estamos saindo. Pelas razões que já mencionei. Então o que há para contar?

Além disso, minha mãe ia me matar se soubesse que eu estava saindo com um cara que não ia para a faculdade. E que tinha antecedentes criminais.

— Ah, é? Ele deixou recado?

— Não. Só perguntou se você estava em casa.

— Ah. — Agora que eu estava pensando melhor no assunto, provavelmente não tinha sido Rob mesmo. Eu tinha feito um tremendo esforço para que ele soubesse que eu ia passar o resto do verão longe. Eu tinha até ido à oficina do tio dele, você sabe, onde Rob trabalha, e tido uma longa conversa com os pés dele enquanto ele estava debaixo de uma perua Volvo, falando que eu ia passar sete semanas fora e que aquela era a última chance que ele tinha de se despedir de mim e tal.

Mas ele tinha parecido minimamente emocionado? Tinha me implorado para não ir? Tinha me dado seu anel de formatura ou uma pulseira de identificação ou alguma coisa para me lembrar dele? Não. Não mesmo. Ele saiu debaixo do Volvo e disse: "Ah, é? Vai ser bom pra você se afastar um pouco. Me passe aquela chave, por favor?"

Acredite em mim, o romantismo morreu.

— Era um federal? — perguntei a Douglas.

— Não sei, Jess. Como poderia saber uma coisa dessas? A voz era de um cara. Você sabe, só um cara.

Resmunguei. Esse era o problema dos federais, entende? Eles podem aparentar ser pessoas inteiramente normais. Quando não estão usando sobretudo e fones de ouvido, parecem com qualquer outra pessoa. Não são como os federais da TV — como Mulder e Scully, por exemplo. Não são nem lindos, nem simplesmente bonitos, nem nada. São simplesmente... comuns. Como o tipo de pessoa em quem você não repararia se estivesse seguindo você e nem mesmo se estivesse parada bem do seu lado.

Eles são ardilosos a esse ponto.

— Só isso? — Reparei que havia um cara que aparecia em várias fotografias no mural da secretária. Devia ser o namorado dela. Um namorado piloto de NASCAR. Senti inveja da secretária. O cara de quem ela gostava também gostava dela. Dava para perceber pelo jeito que ele sorria para a câmera. Eu queria saber como era gostar de um menino e ele gostar de você. Devia ser bem legal.

— Na verdade, não — disse Douglas. Ele falou de um jeito que deixou claro que eu não ia gostar do resto da história.

— O quê? — perguntei.

— Olha só — disse Douglas. — Ele pareceu... Bem, ele pareceu querer mesmo falar com você. Disse que era muito importante. Ficou perguntando quando você ia voltar.

— Você não fez isso — falei friamente.

— Ele ficou insistindo — disse Douglas. — Por fim, tive que dizer que você só voltaria em seis semanas porque estava no lago Wawasee. Jess, sei que fiz besteira. Não fique com raiva. Por favor, não fique com raiva.

Eu não estava com raiva. Como poderia estar com raiva? Era Douglas. Seria como ficar com raiva do vento. O vento não consegue não soprar. Douglas não consegue não ser um grandessíssimo idiota às vezes.

E não era só Douglas. Muitos garotos também não conseguem, como eu já reparei.

— Ótimo — falei com um suspiro.

— Sinto muito mesmo, Jess — disse Douglas.

Ele parecia mesmo lamentar.

— Ah, não se preocupe. Não tenho muita certeza se sirvo para esse negócio de monitora de acampamento mesmo.

Parecendo surpreso, Douglas disse:

— Jess, não consigo pensar em outro trabalho tão perfeito pra você.

Fiquei chocada ao ouvir isso.

— É sério?

— É sério. Você não trata as crianças com... Qual é a palavra? Condescendência. Como muitas pessoas fazem. Você as trata do mesmo jeito que trata todo mundo. Você sabe. Mal.

— Nossa. Obrigada.

— De nada — falou Douglas. — Ah, e papai disse que quando você quiser largar tudo e voltar pra casa, a mesa térmica estará esperando por você.

— Ha-ha. Como está Mikey?

— Mike? Está tentando ver o máximo de Claire Lippman de calcinha e sutiã que puder antes de ir pra Harvard no final de agosto.

— É bom ter um hobby — falei.

— E mamãe está fazendo um vestido pra você. — Dava para perceber que Douglas estava se divertindo muito agora que tinha passado da parte de me dar as más notícias. — Ela botou na cabeça que você vai ser escolhida rainha do baile este ano, e que é melhor você ter um vestido para a ocasião.

É claro. Porque trinta anos antes, minha mãe tinha sido escolhida rainha do baile na mesma escola onde eu estudava. Por que eu não seguiria os passos dela?

Hum, que tal porque sou uma aberração mutante? Mas minha mãe teimosamente se recusa a acreditar nisso. Basicamente a deixamos viver em seu mundo de fantasia, já que isso é mais fácil do que arrastá-la para o mundo real.

— E isso é tudo — disse Douglas. — Tem algum recado pra alguém? Quer que eu diga alguma coisa pra Rosemary?

— *Douglas* — sibilei em tom ameaçador.

— Ops. Desculpe.

— É melhor eu ir — falei. Eu podia ouvir alguém chegando pelo corredor. — Obrigada pelo aviso e tudo o mais.

— Só achei que você devia saber. Sobre o cara, é claro. Caso ele apareça aí ou algo do tipo.

Que ótimo. Era exatamente o que eu precisava. Algum repórter aparecendo no lago Wawasee para entrevistar a Garota Relâmpago. Pamela nem ia ter um ataque com isso.

— Tá bom. Tchau, Bafo de Gato. — Usei o apelido que dei a Douglas quando éramos pequenos.

Ele retribuiu.

— Até mais, Cara de Bunda.

Desliguei. No meio do corredor, ouvi o barulho de chaves. Pamela estava trancando sua sala. Ela saiu na área da recepção.

— Tudo bem em casa? — perguntou ela, parecendo realmente se preocupar.

Pensei sobre a pergunta. *Estava* tudo bem em casa? *Alguma vez* tudo tinha estado bem em casa? Não. É claro que não.

E acho que não seria muito exagero dizer que as coisas nunca ficariam bem lá em casa.

Mas não foi o que falei para Pamela.

— Claro — respondi, abraçando o envelope acolchoado contra o peito. — Está tudo ótimo.

Capítulo 4

Contudo, fui forçada a engolir aquelas palavras um segundo depois, quando saí do prédio administrativo para a noite escura e pude ouvir.

Alguém gritava. Alguém gritava meu nome.

Pamela também ouviu. Ela olhou para mim com curiosidade. Mas eu não tinha tempo para perguntas. Saí correndo na direção de onde vinham os gritos. Pamela foi atrás de mim. Eu podia ouvir as chaves do escritório e as moedas que ela carregava tilintando no bolso do short cáqui.

O jantar tinha terminado. As crianças estavam saindo do refeitório e indo em direção à Toca para sua primeira fogueira. Vi crianças de todos os tamanhos e cores, mas os dois que atraíram meu olhar imediatamente foram, é claro, Shane e Lionel. Dessa vez, Shane segurava Lionel com uma chave de pescoço. Não o estava estrangulando nem nada. Só não o soltava.

— Está tudo bem, Lionel — dizia Shane. Ele pronunciou do jeito americano, Lai-o-nel. — São apenas cachorros. Não vão machucar você.

Os cachorros do acampamento estavam latindo, balançando os rabos com alegria e pulando, tentando lamber Lionel e qualquer outra criança que conseguissem alcançar. Lionel, por ser tão baixo, recebia a maior parte das lambidas no rosto.

— Sei que em Gonorreia vocês comem cachorros — dizia Shane —, mas aqui nos Estados Unidos, eles são animais de estimação...

— Jess! — gritou Lionel. A voz fina dele tremeu com um soluço. — Jess!

Havia um grupo de crianças reunido ao redor, vendo Shane torturar o garoto menor. Já notou como isso sempre acontece? Eu já. Tipo, sei que toda vez que bato em alguém, as pessoas imediatamente se reúnem, ansiosas para ver a briga. Ninguém nunca tenta apartar. Ninguém diz: "Ei, Jess, por que você não solta o cara?". Não mesmo. É tipo o motivo pelo qual as pessoas vão a corridas de carro. Elas querem ver alguém sofrer um acidente.

Passei pelas crianças e cachorros até chegar a Shane. Eu não podia fazer o que queria, porque sabia que Pamela estava bem atrás de mim. Então falei:

— Shane, solte-o.

Ele olhou para mim e seus olhos, que já eram pequenos, ficaram ainda menores.

— O que você quer dizer? — perguntou ele. — Só estou mostrando pra ele que os cachorros não vão morder. Ele está com medo. Estou fazendo um favor a ele. Estou tentando ajudá-lo a superar sua fobia...

Àquela altura, Lionel estava chorando abertamente. Os cachorros lamberam as lágrimas antes que elas tivessem a chance de escorrer pelo rosto dele.

Pude ouvir as chaves de Pamela ainda tilintando atrás de mim. Concluí que ela ainda não tinha chegado à cena. Segurei o envelope em uma das mãos e estiquei a outra. Coloquei o polegar e o dedo do meio bem acima do cotovelo de Shane e apertei com o máximo de força que consegui.

Shane deu um grito e soltou Lionel bem na hora em que Pamela terminou de passar pela multidão que tinha se juntado ao redor de nós.

— O que está acontecendo aqui? — perguntou ela, confusa.

Lionel, enfim livre, se jogou em minha direção, passando os braços ao redor da minha cintura e afundando o rosto na minha barriga, de forma que os cachorros não alcançassem as lágrimas.

— Tentaram me matar! — gritava ele. — Jess, Jess, esses cachorros estão tentando me matar.

Enquanto isso, Shane massageava o osso do cotovelo.

— Por que você fez isso? — perguntou ele. — Se eu não puder mais tocar por sua causa, meu pai vai processar você...

— Shane — Coloquei uma das mãos no ombro trêmulo de Lionel e, com o envelope, apontei na direção da Toca. — Você ganhou um strike. Agora vá.

— Um strike? — Shane olhou para mim, incrédulo. — Um strike? O que é um strike? Por que ganhei um strike?

— Você sabe por quê — falei, respondendo à segunda pergunta primeiro. A verdade era que eu não tinha ainda pensado na resposta para a primeira. Mas eu sabia de uma coisa. — Mais dois e você está fora, cara. Agora vá se sentar com os outros na fogueira e mantenha as mãos perto do seu próprio corpo.

Shane bateu o tênis no chão.

— Fora? Você não pode fazer isso. Não pode me botar pra fora.

— Espere e veja.

Shane lançou um olhar acusatório para Pamela. Diferentemente de quando olhava para mim, ele tinha que erguer um pouco o queixo para encarar os olhos dela.

— Ela pode fazer isso? — perguntou.

Para meu alívio, Pamela disse:

— É claro que pode. Agora vão todos para a Toca.

Ninguém se mexeu. Pamela disse:

— Falei para *irem.*

Alguma coisa na voz dela fez com que obedecessem. *Esse* é um talento que eu não me importaria em ter: fazer com que as pessoas me obedecessem sem ter que recorrer a agressões físicas

Lionel ficou agarrado a mim, ainda soluçando. Os cachorros não tinham ido embora. Como é de costume dos animais, eles notaram que Lionel não queria a presença deles então teimosamente ficaram ao seu lado, olhando com grande interesse, as línguas prontas e esperando que ele se virasse para continuarem a lamber as lágrimas.

— Lionel — falei, sacudindo de leve o ombro do garotinho. — Os cachorros realmente não vão te machucar. São bonzinhos. Se algum deles tivesse mordido alguém, você acha que deixariam que ficassem aqui? De jeito nenhum. Isso abriria espaço para um monte de processos contra o acampamento. Você sabe como os pais de crianças talentosas podem ser litigiosos. — Shane era o exemplo número um.

Pamela ergueu as sobrancelhas ao ouvir isso, mas não falou nada, deixando que eu lidasse com a situação do meu jeito. Um tempo depois, Lionel afastou a cabeça da minha barriga e olhou para mim com os olhos cheios de lágrimas. Os cachorros, embora tenham se mostrado ansiosos ao ver o movimento, ficaram onde estavam.

— Não sei o que significa "litigiosos" — disse Lionel. — Mas agradeço por me ajudar, Jess.

Estiquei o braço e dei um tapinha no cabelo encaracolado dele.

— Não foi nada. Agora veja só.

Estendi a mão. Os cachorros, reconhecendo alguma espécie de sinal entre humanos e caninos, se aproximaram rapidamente e começaram a lamber meus dedos.

— Está vendo? — falei, enquanto Lionel observava de olhos arregalados. — Só estão interessados em fazer amizade. — Ou no cheiro do Fiddle Faddle que tinha passado pelas minhas mãos mais cedo, sei lá.

— Entendi. — Lionel observou os cachorros com olhos escuros e arregalados. — Não vou ter medo deles então. Mas... é permitido que eu não toque neles?

— Claro — falei. Afastei minha mão, que parecia ter acabado de sair de um pote de maionese quente. Limpei-a no short. — Por que não vai se juntar ao restante dos Bétulas?

Lionel me deu um sorriso trêmulo, então correu em direção à Toca, com muitos olhares furtivos para trás em direção aos cachorros. Acho que ele não reparou que Pamela e eu seguramos pela coleira tantos quanto conseguimos.

— Bem — disse Pamela quando Lionel estava longe o bastante. — Você certamente lidou com aquilo de maneira... interessante.

— Aquele Shane. Ele é um saco.

— Ele é um desafio — corrigiu Pamela. — Mas parece mesmo piorar a cada ano.

Balancei minha cabeça.

— Nem me fale. — Eu estava começando a me perguntar se Andrew, cujo chalé eu tinha herdado, tinha descoberto que Shane era um dos residentes e mentira sobre ter mononucleose para escapar de ser obrigado a passar o verão lidando com aquele "desafio" em particular. Andrew era "reincidente". Já tinha trabalhado no acampamento durante o verão anterior.

— Por que vocês o deixam voltar? — perguntei.

Pamela suspirou.

— Entendo que não dê para perceber ao olhar para ele, mas Shane na verdade é muito talentoso.

— É?

Minha surpresa deve ter ficado evidente na voz, porque Pamela assentiu vigorosamente enquanto dizia:

— Ah, sim, é verdade. O garoto é um gênio musical. Tom perfeito, sabe?

Eu só balancei a cabeça.

— Inacreditável.

— Estou falando sério. Sem mencionar o fato de que... bem, os pais dele são muito... generosos no apoio que dão.

Bem. Isso explicava tudo, não é mesmo?

Eu me juntei aos meus colegas Bétulas e ao restante do pessoal do acampamento em volta da fogueira. A primeira noite de fogueira era dedicada quase inteiramente a apresentações de membros da equipe e a passar para os campistas as muitas regras do Camp Wawasee. Todos os instrutores musicais foram enfileirados com o restante da equipe do acampamento: os monitores, os administradores, os salva-vidas, os zeladores, a enfermeira, os funcionários do refeitório e tudo o mais.

Revisamos a lista de regras e regulamentos: não é permitido correr; não é permitido jogar lixo no chão; ninguém tem permissão de sair dos chalés depois das 22h; não é permitido invadir os chalés dos outros; não é permitido mergulhar no lago; não é permitido tocar instrumentos musicais fora das salas de ensaio (essa era uma regra crucial, porque se todo mundo tentasse ensaiar fora das salas com proteção acústica feitas com esse propósito, o acampamento ficaria mais barulhento do que um engarrafamento na hora do rush). Fomos informados que o Camp Wawasee fica bem no meio de 500 acres de floresta protegida pelo governo federal e que, se qualquer um de nós saísse andando por essa floresta, poderíamos ter certeza de que jamais ouviriam falar de nós outra vez.

Após essa observação animadora, fomos lembrados de que a natação obrigatória na piscina do Urso-Polar começava às 7h da manhã. Então, depois de algumas rodadas de "Dona Nobis Pacem" (ei, era um acampamento de orquestra, afinal), fomos dispensados.

Shane estava ao meu lado quando me levantei.

— Ei — falou ele, puxando minha camiseta. — O que acontece se eu tiver três strikes?

— Está fora — informei a ele.

— Mas você não pode me expulsar do acampamento. — As sardas de Shane (ele tinha muitas) se destacavam à luz da fogueira. — Experimente fazer isso e meu pai processa você.

Está vendo o que falei sobre os pais de garotos talentosos serem litigiosos?

— Não vou expulsar você do acampamento — falei. — Mas posso expulsar você do chalé.

Shane olhou para mim com raiva.

— O que você quer dizer?

— Posso fazer você dormir na varanda. Sem o benefício do ar-condicionado.

Shane riu. Ele realmente riu e falou:

— Essa é minha punição? Dormir sem ar-condicionado?

Ele riu durante o caminho todo até o chalé e conseguiu outro strike quando jogou uma pedra — supostamente em um vaga-lume, ou pelo menos foi o que ele alegou — que passou a 3 centímetros de Lionel e acabou atingindo Arthur, que expressou seus sentimentos sobre o assunto com imediata clareza. Aliviada por ver que ao menos um membro do Chalé Bétula podia se defender de Shane, não fiz nada para apartar a briga.

— Nossa — disse Scott. Ele e Dave, cujos campistas tinham obedientemente seguido na frente para os chalés e provavelmente já tinham escovado os dentes e deitado nas camas, pararam ao meu lado para observar a luta livre entre Shane e Arthur, que estava acontecendo fora do caminho iluminado, no que aparentava ser uma moita densa de hera venenosa. — O que você fez pra merecer *aquele* garoto?

Dei de ombros enquanto observava a briga.

— Nasci sob uma estrela de azar, eu acho.

— Aquele garoto está destinado a apontar uma Uzi para o professor um dia — disse Dave, observando enquanto Shane tentava, sem sucesso, esfregar o rosto de Arthur nas raízes de uma árvore.

— Talvez eu deva apartar... — Scott começou a se desviar do caminho onde estávamos.

Segurei o braço dele.

— Ah, não — falei. — Vamos deixar que coloquem a raiva pra fora. — Arthur tinha acabado de ganhar vantagem e estava sentado no peito de Shane.

— Peça desculpa — mandou Arthur. — Senão vou pular em cima de você até quebrar suas costelas.

Scott, Dave e eu, impressionados pela ameaça, olhamos uns para os outros com as sobrancelhas erguidas.

— Jess! — gritou Shane.

— Shane, se você quer jogar pedras, tem que estar preparado para aguentar as consequências.

— Mas ele vai me matar!

— Assim como você podia ter matado ele com aquela pedra.

— Ele não morreria por causa daquela pedra — gritou Shane. — Era uma pedrinha de nada.

— Podia ter arrancado o olho dele — falei com o tom mais sério que consegui. Scott e Dave tiveram que se virar para que os garotos não os vissem rindo.

— Quando uma costela se quebra — informou Arthur a seu prisioneiro —, não dá pra respirar pelo diafragma. Você sabe, quando a gente faz quando toca o instrumento. Porque dói demais. Não sei como você vai sustentar aquelas notas todas quando...

— SAIA DE CIMA DE MIM! — berrou Shane.

Arthur pegou um punhado de terra, aparentemente com a intenção de enfiá-lo na boca de Shane.

— Tudo bem, tudo bem — gritou Shane. — Desculpa.

Arthur o deixou se levantar. Shane, andando atrás dele até o caminho iluminado, me lançou um olhar furioso e disse:

— Espere até meu pai saber que péssima monitora você é. Vai fazer você ser demitida, com certeza.

— Nossa. Você quer dizer que eu vou poder ir embora e nunca mais ouvir você choramingando? Que punição.

Furioso, Shane saiu andando em direção ao Chalé Bétula. Arthur, rindo, o seguiu.

— Meu Deus — disse Scott de novo. — Quer ajuda pra colocar esses meninos na cama?

Franzi as sobrancelhas.

— Do que você está falando? Eles têm quase 12 anos. Não precisam ser colocados na cama.

Ele só balançou a cabeça.

Meia hora depois, entendi o que ele quis dizer. Eram quase 22h, mas nenhum dos residentes do Chalé Bétula estava na cama. Nenhum deles estava sequer de pijama. Na verdade, estavam fazendo de tudo *exceto* se aprontar para dormir. Alguns estavam pulando nas camas. Outros corriam ao redor delas. Alguns tinham entrado por baixo, nos nichos onde deveriam guardar as roupas.

Mas nenhum deles estava na cama.

Por algum motivo, eu não conseguia imaginar nada daquilo acontecendo no Chalé Frangipana. Eu podia apostar que Karen Sue Hanky provavelmente estava fazendo tranças no cabelo de alguém naquele momento enquanto alguma outra menina contava histórias de terror e elas comiam uma grande tigela de pipoca com manteiga feita na cozinha integrada.

Pipoca. Meu estômago roncou só de pensar. Eu não tinha jantado. Estava morrendo de fome. Eu estava morrendo de fome, o Chalé Bétula estava fora de controle e eu ainda não tinha tido a oportunidade de abrir aquele envelope que Pamela tinha me dado para entregar a Ruth.

Só que, é claro, o que estava dentro do envelope era na verdade para mim.

Acho que foi a ideia das histórias de terror que provocou o estalo. Eu não podia gritar mais alto do que os berros deles e não conseguiria pegar nenhum dos garotos que estavam correndo, mas podia dificultar a visibilidade. Andei até a caixa de luz e, um a um, desliguei todos os fusíveis.

O chalé foi mergulhado na escuridão. É incrível como as coisas podem ficar escuras no campo. As luzes externas dos caminhos tinham sido apagadas, já que era para todo mundo estar na cama, então não havia luz vindo nem pelas frestas das janelas, principalmente porque a área onde estávamos era cercada de floresta densa, e nem mesmo os raios de lua conseguiam passar pela copa das árvores. Eu não conseguia ver minha própria mão bem na frente do meu rosto.

E os outros residentes do Chalé Bétula estavam sofrendo de dificuldade similar. Ouvi vários baques quando os que estavam correndo se chocaram com móveis e vários garotos gritaram quando as luzes se apagaram.

Então vozes assustadas começaram a chamar meu nome.

— Ops — falei. — Falta de energia. Deve haver uma tempestade em algum lugar.

Mais choramingos assustados.

— Acho que vamos ter que ir dormir. Porque não podemos fazer nada no escuro.

Foi a voz de Shane que soou ofendida:

— Não tem falta de energia nenhuma. Você apagou as luzes.

Pestinha.

— Não apaguei — falei. — Venha até aqui e aperte o interruptor. — Demonstrei para eles, mexendo o interruptor de um lado e para o outro. O som era inconfundível. — Acho que é melhor todo mundo colocar o pijama e ir dormir.

Eles resmungaram e questionaram como iam encontrar os pijamas no escuro. Reclamaram também sobre o fato de que não podiam escovar os dentes no escuro, e de como seria se tivessem cáries e tudo mais. Ignorei tudo isso. Encontrei uma lanterna na cozinha, que estava lá para o caso de um verdadeiro apagão, e me ofereci para acompanhar quem quisesse até o banheiro.

Shane disse:

— Me dê a lanterna e acompanho todo mundo.

Mas eu não caí nessa.

Depois que todos fizeram o que precisavam no banheiro, lembrei-os sobre o exercício na piscina do Urso-Polar e de que precisavam dormir bastante, pois a primeira aula de música começaria logo depois do café da manhã. O único momento em que não estariam tocando seus instrumentos seria, na verdade, na piscina do Urso-Polar, durante as refeições e no período de duas horas, entre 15h e 17h, quando era permitido nadar no lago, jogar tênis e beisebol e fazer arte e artesanato. Havia caminhadas na floresta para quem gostasse. Costumava haver até visitas à Caverna do Lobo, que era mais ou menos famosa e perto do parque. (Mais ou menos famosa porque naquela localização do norte quase não há cavernas; as geleiras esmagaram quase toda a parte norte de Indiana.) Mas é claro que um campista idiota foi atingido na cabeça por uma estalactite ou algo assim e, então, a exploração de cavernas não estava mais na lista de atividades permitidas durante as poucas horas de tempo livre das crianças.

Para mim, parecia que as crianças campistas do lago Wawasee não tinham muito tempo para ser... bem, crianças.

Quando estavam todos na cama, e depois que desejaram docemente boa noite para mim, levei a lanterna comigo. Não dava para ajustar a caixa de luz de modo que eu pudesse acender apenas a luz do meu quarto: eles a veriam por debaixo da porta e saberiam que menti sobre a falta de energia. Tirei a camiseta e o short de monitora e, usando uma samba-canção que roubei de Douglas e uma camiseta regata, comi uma caixa quase toda de Fiddle Faddle enquanto examinava, à luz da lanterna, o conteúdo do envelope que Pamela tinha me entregado para dar a Ruth.

Querida Jess,

Espero que você esteja bem. Seu emprego de monitora de acampamento parece muito divertido.

Ah, tá, resmunguei. É claro que parecia divertido... para pessoas que nunca tiveram o desprazer de conhecer Shane, pelo menos. A caligrafia bastante feminina prosseguiu.

Envio em anexo uma foto de Taylor Monroe.

Apontei o facho de luz para dentro do envelope e encontrei uma foto colorida tirada em estúdio — do tipo que se tira na Sears, com a Vila Sésamo atrás — de um bebê com cabelos encaracolados usando um macacão. Da marca OshKosh B'gosh.

Taylor desapareceu em um shopping dois anos atrás, quando tinha 3 anos. Os pais estão desesperados para encontrá-lo. A polícia não tem suspeitos nem pistas.

Ótimo. Um simples sequestro. Rosemary tinha pesquisado bastante para se certificar disso. Ela só me mandava casos que tinha certeza de que a criança em questão queria mesmo ser encontrada. Era minha única condição para encontrar as crianças: que realmente quisessem ser encontradas.

Bem, isso e manter meu anonimato, é claro.

Como sempre, ligue se puder encontrá-lo. Você sabe o número.

A carta estava assinada: *com amor, Rosemary.*

Analisei a foto sob a luz da lanterna. Taylor Monroe, falei para mim mesma. Taylor Monroe, onde você está?

A porta do meu quarto foi aberta e soltei a foto e a lanterna devido à surpresa.

— Ei — disse Shane com interesse. — O que é isso?

— Meu Deus — falei, tentando esconder a carta e a foto no meio do lençol. — Já ouviu falar em bater na porta?

— Quem é o garoto? — quis saber Shane.

— Não é da sua conta. — Achei a lanterna e a apontei para ele. — O que você quer?

Shane apertou os olhos, mas não só porque havia uma lanterna apontada para eles. Os olhos se apertaram de desconfiança.

— Ei. É a foto de um garoto desaparecido, não é?

Bem, Pamela estava certa sobre uma coisa, pelo menos. Shane era talentoso. E não só musicalmente, ao que parecia. O garoto era esperto.

— Não seja ridículo — falei.

— Ah, é? Bem, então por que você está escondendo?

— Shane. — Eu não conseguia acreditar naquilo. — O que você quer?

Mas Shane ignorou minha pergunta.

— Você mentiu — falou ele, parecendo indignado. — Você mentiu muito. *Ainda* tem aqueles poderes.

— É isso mesmo, Shane — falei. — É por isso que estou trabalhando aqui no Camp Wawasee por 5 dólares a hora. Tenho poderes paranormais e tudo mais, podia estar nadando em dinheiro encontrando pessoas desaparecidas para o governo, mas prefiro ficar aqui mesmo.

A única resposta de Shane ao meu sarcasmo foi piscar algumas vezes.

— Pare com isso — completei de mau humor. — Tá bom? Agora, por que você está fora da cama?

O olhar de desconfiança não saiu do rosto de Shane, mas ele conseguiu se lembrar da falsa desculpa para invadir minha privacidade, sem dúvida tentando me pegar sem roupas. Resmungou:

— Quero um copo d'água.

— Então vá pegar — falei, não com muita gentileza.

— Não consigo enxergar o caminho até a cozinha — choramingou ele.

— Conseguiu vir até aqui — comentei.

— Mas...

— Saia, Shane.

Ele saiu, ainda resmungando. Peguei a foto de Taylor e a carta de Rosemary. Não me senti mal por mentir para Shane. Nem um pouco. Fiz aquilo tanto para proteger Rosemary quanto a mim mesma. Depois do meu desentendimento com o governo americano na última primavera, cujas ideias sobre a melhor maneira de usar minha habilidade psíquica divergiam da minha, Rosemary, uma telefonista que trabalhava em uma organização que encontrava crianças desaparecidas, tinha generosamente concordado em me ajudar... hum, bem, a me privatizar. E vínhamos trabalhando juntas sem ninguém saber desde então.

E eu queria que as coisas permanecessem daquele jeito entre nós: sem ninguém saber. Eu não arriscaria revelar nosso segredo nem mesmo para um gênio musical chorão de quase 12 anos como Shane.

Por questão de segurança, guardei a carta de Rosemary e peguei uma edição da *Cosmo* que Ruth tinha me emprestado. "10 maneiras de saber que ele considera você mais do que apenas uma amiga." Uuh. Coisa boa. Li com avidez, querendo saber se eu perceberia, só com a leitura do artigo, se Rob realmente gostava de mim e eu tinha sido burra demais para perceber.

1 — *Ele faz o jantar para você no seu aniversário.*

Bem, Rob não tinha feito isso. Mas meu aniversário era em abril. Eu e ele só tínhamos começado... bem, aquilo que tínhamos juntos... em maio. Então essa pista não servia.

2 — *Ele se esforça para se dar bem com suas amigas.*

Só tenho uma amiga de verdade, que é a Ruth. Ela mal conheceu Rob. Bem, não é verdade. Veja bem, Rob tem o que podemos chamar de origem mais humilde. Ruth não é esnobe... pelo menos, não de verdade... mas ela certamente não ia aprovar que eu saísse com alguém que não tinha a faculdade e uma carreira profissional como objetivos de vida.

Então, nada de número 2.

3 — *Ele escuta você quando...*

Fui interrompida por um som de pancada, que foi imediatamente seguido de um grito.

Peguei minha lanterna e saí do quarto sem fazer barulho.

— Muito bem — falei, mirando a lanterna em um rosto após o outro, todos bem despertos. — O que tá rolando?

Quando a luz da lanterna chegou ao rosto de Lionel, iluminou as marcas de lágrimas que desciam pelo rosto dele.

— Por que você está chorando? — perguntei. Mas eu sabia. Aquele barulho de pancada que ouvi. Shane estava na cama, a alguns metros de distância, mas o rosto dele parecia doce e inocente demais para não ter culpa de nada.

No entanto, tudo o que Lionel falou foi:

— Não estou chorando.

Eu estava cansada daquilo. Estava mesmo. Só queria ler minha revista e dormir, para que pudesse encontrar Taylor Monroe. Era muito querer depois de um dia tão longo?

— Tudo bem — falei, me sentando no chão, com a lanterna iluminando o teto.

Arthur falou:

— Hum, Jess? O que você está fazendo?

— Vou ficar sentada aqui até vocês todos adormecerem.

Isso provocou alguns risinhos empolgados. Não me pergunte por quê.

Houve silêncio por uns dez segundos. Então Doo Sun falou:

— Jess? Você tem irmãos?

Respondi que sim, na defensiva.

— Imaginei — disse Doo Sun.

Imediatamente desconfiada, perguntei:

— Por quê?

— Você está usando uma cueca de menino — observou Paul.

Olhei para baixo. Eu tinha me esquecido da samba-canção de Douglas.

— Estou mesmo — falei.

— Jess — disse Shane, com uma voz tão açucarada que eu sabia que não viria boa coisa.

— O quê? — falei secamente.

— Você é lésbica?

Fechei meus olhos. Contei até dez. Tentei ignorar os risinhos vindos das outras camas.

Abri meus olhos e falei:

— Não, não sou lésbica. Na verdade, tenho namorado.

— Quem? — quis saber Arthur. — Um dos caras que vi com você no caminho? Um daqueles outros monitores?

Isso causou certa quantidade de assovios sugestivos Falei:

— Não. Meu namorado jamais teria uma profissão tão sem graça quanto a de monitor de acampamento. Meu namorado anda de Harley e é mecânico de carros.

Isso causou alguns murmúrios de apreciação. Garotos de 11 anos ficam muito mais impressionados com mecânicos do que com pessoas como... bem, como minha melhor amiga, Ruth, por exemplo.

E então... não me pergunte por que, talvez eu ainda estivesse pensando em Karen Sue no Chalé Frangipana. Mas, de repente, comecei a contar uma história sobre Rob e uma ocasião em que um cara levou um carro para a Wilkins's Auto que tinha um esqueleto no porta-malas.

É claro que era tudo inventado. Enquanto eu falava sobre Rob e o carro, que no final das contas era assombrado por causa da mulher que tinha sido trancada até sufocar no porta-malas, peguei emprestado elementos de Stephen King, incorporando detalhes tanto de *Caminhões* quanto de *Christine*. Aqueles meninos obviamente eram jovens demais para terem lido os livros, e eu duvidada que os pais os tivessem deixado ver os filmes.

Eu estava certa. Eles ficaram vidrados o tempo todo até o ardente cataclismo no final, quando Rob salvava nossa cidade ao corajosamente apontar um lançador de granadas para o automóvel maldito e explodi-lo em mil pedaços.

Um silêncio estupefato seguiu esse pronunciamento. Dava para notar que eu os tinha perturbado muito. Mas não tinha terminado.

— E às vezes — sussurrei —, em noites como esta, quando uma tempestade em algum lugar a distância acaba com a energia elétrica, nos mergulhando na escuridão, os faróis daquele carro assassino ainda podem ser vistos, ao longe, no horizonte — pisquei a lanterna —, bem ao longe... chegando mais perto... mais perto... e mais perto...

Nem um som. Eles mal respiravam.

— Boa noite — falei, e voltei para o meu quarto.

Lá, adormeci poucos minutos depois, assim que acabei com a caixa de Fiddle Faddle.

E não ouvi nem um pio dos meus colegas do Chalé Bétula até o toque de alvorada na manhã seguinte...

Quando, é claro, eu sabia precisamente onde Taylor Monroe estava.

Capítulo 5

— Fiquei com tanto medo que quase molhei a cama — disse John.

— É? Eu fiquei com tanto medo que não consegui sair da cama, nem mesmo pra ir ao banheiro. — Sam estava com uma toalha ao redor do pescoço. Ele tinha o peito tão magro que era praticamente côncavo. — Eu segurei. Não queria correr o risco de ver aqueles faróis pela janela.

— Eu os vi — declarou Tony.

Houve barulhos de zombaria em seguida.

— Não, é verdade — disse Tony. — Pela janela. Eu juro. Pareciam estar flutuando no lago.

Uma discussão acalorada começou em seguida, na qual eles debateram se o carro assassino de Rob podia ou não flutuar ou se ele tinha apenas pairado sobre o lago.

Na fila da piscina do Urso-Polar, comecei a sentir que as coisas não estavam tão ruins quanto pareceram no dia anterior. Primeiro, porque eu tivera uma boa noite de sono.

Mesmo. Sei que isso parece surpreendente, levando em consideração que, enquanto eu dormia, minhas ondas cerebrais aparentemente eram bombardeadas com um monte de informações sobre um garoto de 5 anos que eu nunca tinha visto. Na TV e nos livros, os paranormais sempre fazem uma expressão de tortura na hora de uma visão, como se alguém os estivesse espetando com um palito de dente ou coisa do tipo. Mas isso nunca aconteceu comigo. Talvez seja porque só tenho visões quando durmo, mas nenhuma delas doeu.

Na minha opinião, é exatamente como todas as vezes em que você está parado pensando "nossa, fulano não me liga há muito tempo", e de repente o telefone toca e é fulano. E você fala: "Cara, eu estava pensando em você", e os dois riem porque tudo é uma grande coincidência.

Só que não é. Não é coincidência. Foi a parte paranormal do seu cérebro funcionando, a parte que quase nenhum de nós escuta, a parte que as pessoas chamam de "intuição", "pressentimento" ou "instinto". Foi essa parte que o relâmpago, ao me atingir, deixou descontrolada. E é por isso que sou uma receptora de informações às quais eu não deveria ter acesso — como o fato de que Taylor Monroe, que tinha desaparecido em um shopping em Des Moines dois anos atrás, estava agora morando em Gainesville, Flórida, com pessoas com quem ele não tinha parentesco algum.

Vejam bem, pessoas comuns (a maioria delas na verdade, até pessoas inteligentes como Einstein e Madonna) só usam três por cento do cérebro. Três por cento! É o suficiente para que a gente aprenda a andar e falar e calcular o troco e fazer baliza e decidir que sabor de iogurte é nosso favorito.

Mas algumas pessoas como eu, que foram atingidas por raios ou colocadas em um tanque de privação sensorial ou algo do tipo, usam mais do que os três por cento do cérebro. Por alguma razão, alcançamos os outros 97.

E é nessa parte, ao que tudo indica, que todas as coisas boas estão...

Só que a única coisa a qual eu pareço ter acesso é o endereço atual de praticamente todas as pessoas desaparecidas do universo.

Bem, era melhor do que nada, eu acho.

Mas, enfim. Apesar de tudo isso da visão paranormal, eu tinha dormido muito bem.

Acho que não se podia dizer o mesmo sobre meus colegas campistas e seus monitores. Ruth parecia estar exausta.

— Meu Deus — falou ela. — Elas me mantiveram acordada a noite toda. Não paravam de tagarelar... — Os olhos azuis dela se arregalaram por trás dos óculos quando ela me viu melhor. Eu estava de roupa de banho assim como os meus garotos, com uma toalha em volta do pescoço. — Meu Deus, você não vai *entrar*, vai?

Dei de ombros.

— Claro que vou. — O que mais eu deveria fazer? Eu ia ter que ligar para Rosemary assim que conseguisse pôr as mãos em um telefone. Mas isso, eu tinha certeza, só ia acontecer dali a algumas horas.

— Você não precisa — disse Ruth. — Quer dizer, é só pras crianças...

— Bom, não consegui tomar banho hoje de manhã. Não com oito pequenos maníacos sexuais bisbilhoteiros por perto.

Ruth olhou para mim e para a água azul e transparente, que brilhava no sol da manhã.

— Como quiser — disse ela. — Mas você vai ficar com cheiro de cloro o dia inteiro.

— Vou. E quem vai chegar perto o bastante pra sentir meu cheiro?

Nós duas olhamos para Todd. Ele também estava de roupa de banho. E devo acrescentar, estava bem impressionante.

— Não ele — falei.

Ruth suspirou.

— É, acho que não.

Reparei que, embora Todd talvez estivesse nos ignorando, Scott e Dave com certeza não estavam. Os dois olharam para o outro lado quando olhei na direção deles, mas não havia dúvida: estavam nos avaliando.

Mas Ruth só tinha olhos para Todd.

— E você tem sua aula particular hoje — observou ela. — Achei aquele cara da flauta bem gato. Não vai querer ficar com cheiro de cloro pra *ele*, vai?

"Aquele cara da flauta" era o instrutor de sopro, um francês chamado Jean-Paul alguma coisa. Ele era meio gato, de um jeito francês desarrumado. Mas um pouco velho para mim. Eu gosto de homens mais maduros e tudo mais, mas acho que 30 anos já era um pouco de exagero. *Isso* seria muito estranho no baile da escola.

— Não sei — respondi conforme nossa fila chegou mais perto da água. — Ele é Pegável, eu acho. Mas não é Gato.

Eu não tinha percebido que Karen Sue Hanky estava ouvindo nossa conversa até ela se virar e, com olhos brilhantes e fundos, resmungar:

— Espero que não estejam falando do professor Le Blanc. Ele é um gênio musical, sabem?

Revirei os olhos.

— Quem *não é* um gênio musical por aqui? — perguntei. — Com exceção de você, é claro, Karen.

Ruth, que estava mascando chiclete, acabou o engolindo ao fazer esforço para não rir.

— Estou ofendida — disse Karen, lentamente ficando tão vermelha quanto as letras na camisa do salva-vidas. — Saiba que tenho ensaiado quatro horas por dia e que meu pai paga 30 dólares por hora para um professor me dar aulas particulares na universidade.

— É? — Ergui as sobrancelhas. — Nossa, talvez agora você consiga nos acompanhar.

Karen apertou os olhos.

Mas o que ela ia dizer foi esquecido quando o salva-vidas, que também era bem bonitinho, definitivamente Pegável, soprou um apito e disse:

— Bétula!

Meus colegas Bétulas e eu saímos correndo para a água e pulamos ao mesmo tempo, com muitos gritos e água respingada. Alguns de nós nadávamos melhor do que outros, muita gente bebeu água e cuspiu, e houve pelo menos uma tentativa de caldo, que o salva-vidas viu. Shane foi obrigado a ficar sentado do lado de fora por 20 minutos. Mas, fora isso, nos divertimos bastante.

Eu estava ensinando uma nova música para eles — visto que Pamela tinha vetado "Sua mãe é pura e sincera" — quando Scott, Dave, Ruth e Karen passaram com seus campistas. Reparei que todos eles pareciam um tanto exaustos.

— Não entendo como pode estar tão desperta — disse Scott. — Eles não mantiveram você acordada a noite toda?

— Não — falei. — Não mesmo.

— Qual é o seu segredo? — quis saber Dave. — Os meus pulavam pra todo lado. Tive que dormir com um travesseiro em cima da cabeça.

Ruth sacudiu a cabeça.

— Era a primeira noite deles longe de casa — disse ela com experiência. — É sempre a pior. Eles geralmente sossegam na terceira ou quarta noite, de pura exaustão.

Karen Sue suspirou com força.

— As minhas não, aposto. — Ela olhou para algumas Frangipanas que estavam passando, e elas riram e saíram correndo pelo caminho, fazendo com que gritássemos em uníssono:

— *É pra andar, não correr!*

— São uns monstrinhos — murmurou Karen, baixinho. — Não fazem nada do que mando, e aquelas bocas! Nunca ouvi linguagem tão baixa em toda a minha vida! Foi a noite inteira de risinhos.

— Comigo também — disse Ruth, cansada. — Elas só dormiram lá pelas 5 da manhã, eu acho.

— Os meus dormiram às 5h30 — disse Scott. Ele olhou para mim. — Não acredito que aquele seu Shane partiu pra terra do sono sem brigar.

— É — disse Dave. — Qual é o seu segredo?

Eu realmente não sabia. Falei, alegremente:

— Ah, eu apenas contei uma história enorme e eles caíram no sono na hora. Todos nós dormimos feito pedras. Só acordamos com o toque de despertar.

Atônita, Ruth disse:

— É mesmo?

— Sobre o que era a história? — quis saber Dave.

Rindo, contei para eles. Não sobre Rob, é claro, mas sobre o carro assassino e a apropriação de alguns dos trabalhos do Sr. King.

Eles ouviram em um silêncio estupefato. Então Karen disse, com veemência:

— Não sou à favor de assustar crianças com histórias de terror.

Eu ri com deboche. Karen obviamente não sabia o que estava dizendo. Que criança não ama uma história de terror? Histórias de terror não eram problema. Mas o fato de que um garoto de 3 anos pudesse ser sequestrado em um shopping e só ser encontrado dois anos depois?

Isso era assustador.

E foi por isso que, em vez de me juntar aos colegas Bétulas para o café da manhã — embora eu estivesse morrendo de fome, é claro, depois de nadar e de jantar Fiddle Faddle na noite anterior —, me esgueirei até a administração do acampamento, com esperança de encontrar um telefone que eu pudesse usar.

Consegui sem muita dificuldade. A secretária com namorado piloto de NASCAR não tinha chegado ainda. Sentei na cadeira dela, apertei o nove para conseguir linha e digitei o número da Organização Nacional das Crianças Desaparecidas.

Rosemary não atendeu. Foi uma outra moça.

— Disque-Desaparecidos — disse ela. — Para onde devo repassar sua ligação?

Eu tive que sussurrar, é claro, para que não fosse ouvida por alguém do acampamento. Incorporei meu melhor sotaque espanhol, só para o caso de a linha estar sendo monitorada.

— Rosemary, *por favor.*

A moça falou:

— Como?

Sussurrei:

— *Rosemary.*

— Ah — disse a moça. — Ahm. Um minuto.

Meu Deus! Eu não tinha um minuto! Eu podia ser pega a qualquer *momento*! Bastava Pamela entrar e ver que não só eu tinha abandonado minhas obrigações como também estava fazendo uso pessoal de propriedade do acampamento...

— Aqui é Rosemary — disse uma voz ao meu ouvido, cautelosa.

— Oi — falei, deixando de lado o sotaque espanhol. Não era preciso me identificar. Rosemary conhecia minha voz. — Taylor Monroe. Gainesville, Flórida. — Então falei o endereço. Porque é assim que ela vem. A informação. É como se houvesse um mecanismo de busca dentro do meu cérebro: insira o nome e a foto da criança desaparecida e logo aparece o endereço completo, em geral com o CEP acompanhando, de onde a criança pode ser encontrada.

Sério. É bizarro, principalmente considerando que nunca ouvi falar da maioria desses lugares.

— Obrigada — disse Rosemary, tomando o cuidado de não dizer meu nome perto do supervisor, que tinha colocado os federais atrás de mim uma vez. — Vão ficar tão felizes. Você não sabe...

Foi naquele momento que Pamela, parecendo preocupada, veio andando pelo corredor, indo diretamente para a mesa da secretária.

Sussurrei:

— Desculpe, Rosemary, tenho que ir. — E desliguei o telefone. Então me abaixei atrás da mesa.

Mas isso não ajudou em nada. Fui pega. Muito pega.

Pamela falou:

— Jess?

Eu me encolhi debaixo da mesa da secretária. Talvez se eu não me movesse, nem mesmo respirasse, Pamela pensaria ter visto uma miragem ou algo assim e fosse embora.

— Jessica — disse Pamela, com uma voz que você provavelmente não usaria com uma miragem. — Saia daí. Já vi você.

Constrangida, engatinhei e saí dali de baixo.

— Olha, posso explicar. Hoje é o aniversário de 90 anos da minha avó, e se eu não ligasse agora, bem, seria uma "m" depois...

Achei que ganharia crédito por dizer "m" em vez de merda, mas não funcionou. Primeiro, porque Pamela parecia já estar de mau humor antes de me ver. Agora, estava ainda mais aborrecida.

— Jess — disse ela com uma voz estranha. — Você sabe que não deve usar propriedade do acampamento...

— ... para ligações pessoais — completei para ela. — Sim, eu sei. E sinto muito. Como falei, era uma emergência.

Pamela pareceu bem mais aborrecida do que a situação exigia. Eu sabia que mais alguma coisa estava acontecendo. Mas achei que fosse alguma espécie de emergência de acampamento de orquestra ou coisa parecida. Talvez tivessem acabado as palhetas de clarinete.

Mas é claro que não era isso. É claro que tinha alguma coisa a ver comigo, no final das contas.

— Jess, eu ia procurar você agora mesmo.

— Ia? — Olhei para ela. Só havia uma razão para Pamela estar me procurando: eu estava encrencada. De novo. E a única coisa que eu tinha feito recentemente — além de fazer uma ligação pessoal de um telefone do acampamento — era a história de terror. Será que Karen Sue tinha me dedurado por causa disso? Se sim, seria um recorde. Eu tinha saído de perto dela havia cinco minutos. Aquela garota tinha pés biônicos?

Estava claro que Pamela estava do lado de Karen Sue sobre aquela coisa de não assustar criancinhas. Dava para perceber que eu ia ter que responder rápido.

— Eu posso explicar. Shane perdeu completamente o controle ontem à noite, e o único modo de fazer com que ele parasse de implicar com os menores foi...

— Jessica — interrompeu Pamela, com certa severidade. — Não sei do que você está falando. Tem... Tem uma pessoa aqui para ver você.

Calei a boca e fiquei olhando para ela.

— Uma pessoa aqui? — repeti, sem graça. — Para *me* ver?

Mil coisas passaram pela minha cabeça. A primeira foi... Douglas. A ligação de Douglas na noite anterior. Ele não tinha ligado só para dizer que sentia saudade. Tinha ligado para dizer adeus. Tinha finalmente agido. As vozes mandaram e ele tinha obedecido. Douglas tinha se matado, e meu pai, ou minha mãe, ou meu outro irmão, um deles estava ali para me dar a notícia.

Um som como de rugido soou nos meus ouvidos. Senti como se o fundo do meu estômago tivesse despencado.

— Onde? — perguntei, com lábios que pareciam feitos de gelo.

Pamela assentiu, com a expressão séria, em direção à porta da sala dela. Fui naquela direção lentamente, com Pamela logo atrás. Que fosse Michael, rezei. Que tenham mandado Mikey para me dar a notícia. Eu podia aguentar Michael. Se fosse minha mãe ou mesmo meu pai, eu ia começar a chorar. E não queria chorar na frente de Pamela.

Mas não era Mikey. Ou meu pai, e nem mesmo minha mãe. Era um homem que eu nunca tinha visto antes.

Era mais velho do que eu, porém mais novo do que meus pais. Parecia ser da idade de Pamela. Ainda assim, era totalmente Pegável. Podia até se qualificar como Gato. Estava barbeado, tinha cabelo escuro e um pouco comprido e estava usando uma gravata e paletó esporte. Quando o encarei, ele imediatamente ficou de pé, e vi que era bastante alto (bem, todo mundo é, do meu ponto de vista) e não muito gracioso.

— Se-senhorita Mastriani? — perguntou ele com voz tímida.

Assistente social? Pensei nisso levando em consideração o fato de que os sapatos estavam gastos e os punhos do paletó, um pouco puídos. Com certeza não era federal. Era bonito demais para ser um federal. Chamaria atenção demais.

Professor, talvez. É. De matemática ou ciências. Mas por que um professor de matemática ou de ciências estaria ali para dar a notícia do suicídio do meu irmão Douglas?

— Sou Jonathan Herzberg — disse o homem, estendendo a mão direita na minha direção. — Espero que você não se chateie com a intromissão. Sei que isso é um tanto incomum e uma violação do seu direto à privacidade e tudo mais... mas o fato é que estou desesperado, Srta. Mastriani. — O olhar castanho dele se fixou no meu. — Desesperado mesmo.

Dei um passo atrás, para longe da mão. Andei tão rápido que bati com o bumbum na quina da mesa de Pamela.

Um repórter. Eu devia ter percebido. A gravata era um sinal evidente.

— Veja bem — falei.

A sensação gelada tinha sumido dos meus lábios. O som nos meus ouvidos tinha parado. A sensação de que o fundo do meu estômago tinha despencado? É, também não estava mais lá. Em vez disso tudo, eu só sentia raiva.

Raiva pura e concentrada.

— Não sei de qual jornal você é — falei friamente. — Ou revista ou programa de TV, sei lá. Mas já estou cansada. Vocês praticamente arruinaram minha vida na primavera passada, me seguindo para todo lado, importunando minha família. Pois bem, acabou, certo? Coloquem na cabeça: a garota relâmpago cancelou os raios. Não estou mais no negócio de pessoas desaparecidas.

Jonathan Herzberg pareceu mais do que um pouco surpreso. Ele olhou de mim para Pamela, depois novamente para mim.

— Se-senhorita Mastriani — gaguejou ele. — Não sou... Quer dizer, eu não...

— O Sr. Herzberg não é repórter, Jess. — A voz de Pamela estava estranhamente suave. Isso, mais do que tudo, chamou minha atenção. — Nunca permitimos que repórteres entrem em nossa propriedade. E já tivemos muitos hóspedes ilustres na nossa história. Você certamente sabe disso.

Acho que eu sabia, bem no fundo da minha mente. O lago Wawasee era propriedade particular. Você tinha que estar em uma lista de convidados para ao menos poder entrar pelo portão. Levavam a segurança muito a sério no Camp Wawasee, devido à quantidade de instrumentos caros por todos os lados. Ah, e pelas crianças e tal.

Olhei de Pamela para o Sr. Herzberg e depois outra vez para Pamela. Os dois estavam... bem, sem jeito. Não havia outra forma de explicar.

— Vocês dois se conhecem, por acaso? — perguntei.

Pamela, que não era de modo algum o que se chamaria de uma moça tímida, ficou vermelha.

— Não, não — disse ela. — Quer dizer... bem, acabamos de nos conhecer. O Sr. Herzberg... bem, Jess, o Sr. Herzberg...

Eu podia perceber que não ia ouvir nada de racional da Srta. J. Crew. Então decidi tentar o Sr. L.L. Bean.

— Muito bem — falei, olhando para ele. — Vou acreditar. Se você não é repórter, o que quer de mim?

Jonathan Herzberg limpou as mãos na calça cáqui. Ele devia estar suando muito, porque deixou marcas úmidas no algodão.

— Eu tinha esperanças de que você pudesse me ajudar a encontrar minha garotinha — disse ele, baixinho.

Capítulo 6

Olhei rapidamente para Pamela. Ela não tinha tirado os olhos de Jonathan Herzberg.

Que ótimo. Mas que ótimo. Mary Ann estava apaixonada pelo professor.

— Talvez você não tenha ouvido da primeira vez. Não faço mais isso.

Mentira, claro. Mas ele não sabia disso.

Ou talvez soubesse.

O Sr. Herzberg disse:

— Sei que você falou isso pra todo mundo. Na primavera passada. Mas eu... bem, eu tinha esperanças de que você só tivesse dito isso porque a imprensa e a situação toda... bem, tudo ficou um pouco intenso demais.

Olhei para ele. *Intenso?* Ele chamava ser perseguida por valentões armados do governo de *intenso*?

Eu ia mostrar para ele o que era intenso.

— Oi? Que parte de "não posso ajudar" você não entendeu? Não funciona mais. O troço paranormal foi embora. A pilha acabou...

Enquanto eu falava, o Sr. Herzberg remexia na pasta. Quando se ergueu novamente, estava segurando uma foto.

— É ela — disse, colocando a foto nas minhas mãos. — Esta é Keely. Ela só tem 5...

Eu me afastei horrorizada, como se ele tivesse colocado uma cobra nas minhas mãos e não uma foto de uma garotinha.

— Não vou olhar pra isso — falei, praticamente jogando a foto de volta para ele. — Não *vou* olhar pra isso.

— Jess! — Pamela parecia meio horrorizada também. — Jess, por favor, escute...

— Não — falei. — Não vou olhar. Você não pode fazer isso. Vou embora daqui.

Olha, sei como isso parece. Ali estava aquele cara, parecendo sincero. Parecia um pai genuinamente perturbado. Como eu podia ser tão fria, tão insensível em não querer ajudá-lo?

Tente olhar para ele do meu ponto de vista: uma coisa é receber um pacote pelo correio com todos os detalhes de um caso de uma criança desaparecida e no dia seguinte acordar e fazer uma ligação, cujas origens a pessoa do outro lado da linha telefônica prometeu apagar. Fácil.

Era mais do que simplesmente fácil. Era anônimo.

Mas uma coisa bem diferente é estar de frente para o pai da criança desaparecida, que implora desesperadamente por ajuda. Não tem nada de fácil nisso.

E absolutamente nada de anônimo.

E preciso manter meu anonimato. Preciso.

Eu me virei e fui em direção à porta. Ia dizer "cambaleei cegamente em direção à porta" porque isso parece dramático e tudo o mais, mas não é verdade. Eu não exatamente cambaleei — saí andando normalmente. E enxergava normalmente também. Eu soube que estava enxergando direito porque a foto, da qual achei que tivesse me livrado, veio caindo depois de eu tê-la jogado. Veio pairando e pousou aos meus pés. Caiu nos meus pés, bem em frente à porta, como uma folha ou uma pena ou alguma coisa que desceu do céu e aleatoriamente me escolheu para pousar em frente.

E eu olhei. Ela caiu virada para cima. Como eu podia não olhar?

Não vou dizer nada idiota como que ela era a criança mais linda que já vi ou coisa do tipo. Não foi isso. O problema era que, até eu ver a foto, ela não era uma criança real. Não para mim. Era só uma coisa que alguém estava usando para tentar me fazer admitir uma coisa que eu não queria.

Então eu a vi.

Veja bem, eu não estava tentando ser uma vaca com esse negócio de não querer ajudar aquele cara. De verdade. Você tem que entender que desde aquele dia, desde o dia em que fui atingida pelo raio, várias coisas ficaram muito ruins. Meu irmão Douglas teve que ser internado de novo por minha causa. Eu tinha praticamente arruinado a vida de um outro garoto só porque o encontrei. Ele *não queria ser encontrado.* Tive que fazer um monte de malabarismos para ajeitar tudo de novo.

E nem vou mencionar aquela coisa sobre os federais e as armas e o helicóptero que explodiu e tal.

Era como se o dia em que o raio me atingiu tivesse causado uma reação em cadeia que ficava cada vez mais fora de controle e tivesse prejudicado todas as pessoas de quem eu gostava.

E eu não queria que isso acontecesse de novo. Nunca mais.

Eu tinha um ótimo sistema em andamento para impedir que isso acontecesse. Se todo mundo fizesse as coisas como deveria, tudo ficaria bem. Crianças desaparecidas, crianças que queriam ser encontradas, eram encontradas. Ninguém incomodava nem a mim, nem a minha família. E tudo transcorria tranquilamente.

Então Jonathan Herzberg teve que aparecer e enfiar a foto da filha debaixo do meu nariz.

E eu soube. Soube que estava acontecendo tudo de novo.

E não tinha nada que eu pudesse fazer para impedir.

Jonathan Herzberg não era bobo. Ele viu a foto cair. Viu que olhei para baixo.

E atacou com tudo.

— Ela está no jardim de infância — disse ele. — Ou começaria em setembro se... se não estivesse desaparecida. Gosta de cachorros e cavalos. Quer ser veterinária quando crescer. Não tem medo de nada.

Eu fiquei ali, olhando para a foto.

— A mãe dela sempre foi... perturbada. Depois que Keely nasceu, ela piorou. Achei que era depressão pós-parto. Só que nunca melhorou. Os médicos prescreveram antidepressivos. Às vezes ela tomava. Mas na maioria das vezes, não.

A voz de Jonathan Herzberg estava equilibrada e baixa. Ele não estava chorando nem nada. Era como se estivesse contando uma história sobre a esposa de outra pessoa, não a dele.

— Ela começou a beber. Um dia, cheguei em casa do trabalho e ela não estava. Mas Keely estava. Minha esposa tinha deixado uma criança de 3 anos sozinha em casa, o dia todo. Ela só voltou à meia-noite, e estava bêbada. No dia seguinte, Keely e eu saímos de casa. Deixei que ela ficasse com a casa, com o carro, com tudo... mas não com Keely. — Então a voz dele começou a ficar um pouco trêmula. — Desde que saímos de casa, ela, minha ex-esposa, só piorou. Se envolveu com um cara que... bem, não é o que podemos chamar de uma personalidade agradável. E, semana passada, os dois levaram Keely embora da creche onde a coloquei. Acho que estão perto de Chicago, a família dele mora lá, mas a polícia não conseguiu encontrá-los. E eu... Eu me lembrei de você e... estou desesperado. Liguei pra sua casa, e a pessoa que atendeu ao telefone disse...

Eu me abaixei e peguei a foto. De perto, a menina não era diferente de quando estava no chão. Era uma garotinha de 5 anos que queria ser veterinária quando crescesse e que morava com um pai que obviamente sabia tanto quanto eu sobre fazer tranças, visto que as dela estavam todas malfeitas.

— Ele tem a guarda — disse Pamela, baixinho. — Eu vi os papéis. Quando ele apareceu... bem, eu não soube o que fazer. Você sabe qual é nossa política. Mas ele... bem, ele...

Eu sabia o que ele tinha feito. Estava bem na cara de Pamela. Ele tinha usado a afeição natural dela por crianças e o fato de ser um pai solteiro com boa aparência, e ela, uma mulher na casa dos 30 que ainda não tinha se casado. Estava tão óbvio quanto o apito que ela tinha pendurado no pescoço.

Não sei o que me levou a fazer aquilo. A decidir ajudar Jonathan Herzberg apesar da minha suspeita de que ele era um agente disfarçado, enviado para conseguir provas de que eu tinha mentido quando disse que não tinha mais poderes paranormais. Talvez tenha sido o tanto que os punhos do paletó estavam puídos. Talvez tenham sido as tranças malfeitas da filha dele. De qualquer modo, decidi. Decidi arriscar.

Era uma decisão da qual eu me arrependeria amargamente, mas como eu podia saber naquele momento?

Acho que o que fiz depois deve ter assustado os dois, mas para mim foi perfeitamente natural. Bem, pelo menos para alguém que viu *A assassina* tantas vezes quanto eu.

Andei até o rádio que eu tinha visto ao lado da mesa de Pamela, liguei-o bem alto e gritei junto com os acordes da música mais recente de John Mellencamp:

— Levantem as camisas.

Pamela e Jonathan trocaram olhares espantados.

— O quê? — perguntou Pamela, erguendo a voz para ser ouvida acima da música.

— Você me ouviu — gritei para ela. — Quer minha ajuda? Preciso ter certeza de que a história é verdadeira.

Jonathan Herzberg devia ser um homem muito desesperado, pois, sem que eu precisasse dizer mais nada, tirou o paletó. Pamela demorou mais para tirar a camiseta do Camp Wawasee de dentro da calça.

— Não entendi — disse ela enquanto eu andava pela sala apalpando a parte inferior de superfícies e erguendo plantas e o telefone e outras coisas e olhando debaixo delas. — O que está acontecendo?

Jonathan foi mais rápido. Ele tinha desabotoado completamente a camisa e agora a segurava aberta, para me mostrar que nada estava preso em seu peito surpreendentemente sem pelos.

— Ela quer ter certeza de que não estamos com escuta — explicou ele para Pamela.

Ela continuou com a expressão confusa, mas acabou erguendo a camiseta o bastante para que eu pudesse dar uma olhada. Ela ficou de costas para o Sr. Herzberg enquanto fazia isso, e depois que vi o sutiã dela, entendi o motivo. Era do tipo transparente, meio sexy demais para uma diretora de acampamento. Não entendo muito de sutiãs, já que não necessito muito deles, mas não pude não me impressionar com o de Pamela.

Depois que os dois me provaram que não estavam usando microfones e eu concluí que a sala não estava grampeada, desliguei o rádio. Então, segurando a foto de Keely, falei:

— Tenho que ficar com isso por um tempo.

— Isso significa que vai me ajudar? — perguntou ansiosamente o Sr. Herzberg enquanto abotoava a camisa. — Vai encontrar Keely?

— Deixe seu número com Pamela — falei, colocando a foto de Keely no bolso. — Entrarei em contato com você.

Pamela, com os olhos meio marejados, falou:

— Oh, Jess. Jess, estou tão feliz. Obrigada. Muito obrigada.

Não gosto muito de sentimentalismo, e podia sentir uma grande onda a caminho (principalmente vinda de Pamela, apesar de o pai de Keely não estar exatamente controlado), então saí dali, e rápido.

Eu acho que tinha dado uns cinco ou seis passos no corredor quando comecei a ter sérias dúvidas sobre o que havia acabado de fazer. Tudo bem, Pamela tinha visto uns papéis que davam a guarda da criança para o cara, mas isso não significava nada. A justiça dá a guarda de crianças para pais ruins o tempo todo. Como eu poderia saber se a história que ele contara sobre a esposa era verdade?

Simples. Eu teria que verificar.

Que ótimo. Como se eu já não tivesse coisas suficientes para fazer. Como, por exemplo, procurar os garotinhos de um chalé e, ah, sim, ensaiar para minha aula particular com o professor Le Blanc, extraordinário flautista.

Eu estava tentando imaginar como ia conseguir fazer tudo isso — encontrar Keely Herzberg e ter certeza de que ela realmente queria voltar a morar com o pai, impedir que Shane matasse Lionel, aprimorar meu dedilhado para o professor Le Blanc — quando reparei que a secretária cujo telefone eu tinha usado estava em seu lugar.

E ai, meu Deus, ela era a cara do John Wayne! Não estou brincando! Ela parecia um homem, e *tinha* um namorado. Não um namorado qualquer, mas um cuja profissão era ser piloto de carro.

Eu pergunto: o que há de errado com esse conjunto de informações? Não é que pessoas pouco atraentes não mereçam ter namorado, mas alô, muita gente já me disse (e não foi só minha mãe) que sou bem atraente. Mas *eu* tenho namorado?

A resposta seria um grande N-Ã-O.

Mas a Srta. John Wayne não só tinha um namorado, mas um namorado gato e que era piloto de carro.

Tudo bem. Deus não existe mesmo. É tudo que tenho a dizer sobre isso.

Capítulo 7

— Oi. — Coloquei minha bandeja ao lado da de Ruth. — Preciso falar com você.

Ruth estava sentada com as meninas do Chalé Tulipa. Todas estavam comendo a mesma coisa de almoço: uma salada grande com o molho servido à parte, peito de frango sem pele, queijo cottage, fatias de melão e sorbet de framboesa para a sobremesa. Não estou brincando.

Não que os garotos do Chalé Bétula fossem diferentes. Estavam seguindo o exemplo da monitora também. Só que as bandejas deles estavam entulhadas de pizza, batata frita, salada de repolho, feijão, macarrão com queijo, sorvete com biscoito e cookies com gotas de chocolate.

Ei, eu não tinha jantado nem tomado café. Estava com fome, tá?

Ruth olhou para minha bandeja e rapidamente afastou o olhar, estremecendo.

— Isso é pra aumentar a ingestão de gordura saturada? — perguntou ela. — Porque se você continuar comendo assim, seu coração vai explodir.

— Você sabe que tenho metabolismo rápido. Agora escute, é sério. Eu talvez precise pegar seu carro emprestado.

Ruth estava delicadamente bebericando a Coca Diet de seu copo. Quando falei as palavras "seu carro", ela cuspiu na garotinha sentada em frente a ela tudo o que tinha na boca.

— Ai, meu Deus — disse Ruth enquanto se inclinava por cima da mesa para secar o refrigerante do rosto da menina. — Ah, Shawanda, me desculpe...

Shawanda respondeu com voz de adoração:

— Tudo bem, Ruth.

Como se receber um spray de cuspe de sua monitora fosse alguma grande honra.

— Meu Deus. — Ruth se virou para mim. — Você está chapada? Acha que vou deixar você pegar meu carro? Nem tem habilitação!

Sei que parece difícil de acreditar, mas Ruth estava falando a verdade. Não tenho habilitação para dirigir. Provavelmente sou a única pessoa de 16 anos do estado de Indiana que não tem.

E não é por não saber dirigir. Sou uma boa motorista, de verdade. Acho que dirijo até melhor do que Ruth.

Só tenho um probleminha.

Nem é mesmo um problema, na verdade. É mais uma necessidade.

Necessidade de velocidade.

— De jeito nenhum — disse Ruth, espetando um pedaço de melão e enfiando na boca. Nós somos melhores amigas desde o jardim de infância, então nem precisamos nos dar ao trabalho de ser educadas uma com a outra. — Ruth falou com a boca cheia de comida: — Se você achou por um minuto sequer que eu te deixaria tocar no meu carro, senhorita "mas eu só estava indo a 130 numa via de 60 quilômetros por hora", você deve estar usando crack.

— Não estou usando crack — sibilei para ela, consciente de que os olhares de todas as hóspedes do Chalé Tulipa estavam em nós. — Eu só talvez precise de um carro amanhã, só isso.

— Pra quê? — perguntou Ruth.

Eu não queria contar a ela. Não na frente de todos aqueles rostos curiosos. Então falei:

— Eu talvez tenha um problema.

— Jessica — disse Ruth. Ela só me chama pelo nome quando está realmente irritada comigo. — Você sabe que não podemos sair do acampamento a não ser nas tardes de domingo, que é nossa folga. Amanhã, e eu não devia precisar te lembrar, é terça. Você não pode ir a lugar algum. Não sem perder o emprego. O que é tão importante a ponto de você estar disposta a perder o emprego?

— Acho que vou ter autorização da gerência nesse caso. Vamos lá, Ruth, só vão ser algumas horas.

Os olhos de Ruth, por trás das lentes dos óculos, se arregalaram.

— Espere um minuto. Não se trata... Não se trata daquela, você sabe, *coisa*, não é?

"Você sabe, aquela *coisa*" é como Ruth costuma se referir ao meu talento recém-descoberto. O fato de que aquela "você sabe, *coisa*" ser culpa dela nunca pareceu ocorrer a Ruth. Afinal, foi ela quem me fez ir andando para casa no dia da tempestade. Mas deixa pra lá.

— É. Se trata daquela, você sabe, *coisa*. Agora você vai me emprestar o carro ou não?

Ruth pareceu refletir.

— Vamos fazer assim. Se você tiver como prometer que não vamos nos encrencar, levo você aonde quiser ir.

Que ótimo. Exatamente o que eu precisava.

Não me entenda mal. Ruth é minha melhor amiga e tudo o mais. Mas ela não é o que você poderia chamar de alguém que lida bem com uma crise. Por exemplo, uma vez o gêmeo de Ruth, Skip, que é alérgico a abelhas, foi picado por uma, e a reação de Ruth foi cobrir os ouvidos com as mãos e sair correndo do quarto. É sério. E ela tinha 14 anos quando isso aconteceu, perfeitamente capaz de ligar para a emergência ou fazer alguma coisa.

Devo dizer que é o bastante para fazer você questionar a equipe de contratação do Camp Wawasee, não é?

Falei com cuidado:

— Quer saber? Esqueça isso, tá? — Talvez Pamela me emprestasse o carro dela.

Mas e se ela fosse cúmplice? E se, apesar de nem ela nem Jonathan Herzberg estarem usando microfones, os dois estivessem tramando com os federais? E se essa coisa toda fosse uma armação planejada e orquestrada pelos meus bons amigos do FBI?

E era por isso que eu precisava de um carro. Eu precisava verificar a situação primeiro.

E não apenas porque havia chances de ser uma armadilha, mas porque, bem, Keely também tem direitos. Uma coisa que aprendi na última primavera — ensinada por um garoto chamado Sean, que eu achava que estava desaparecido mas que, quando o encontrei, estava exatamente onde queria estar — é que, quando se está no ramo de pessoas desaparecidas, é uma boa ideia ter certeza de que a pessoa que você está procurando realmente quer ser encontrada antes de você sair arrastando-a de volta para seu lugar de origem. Faz sentido, sabe?

Não que eu achasse que Jonathan Herzberg estivesse mentindo. Se não estivesse em conluio com os federais, é claro.

Mas eu ainda queria ouvir a versão da mãe de Keely antes de entregá-la para a polícia. E se ela realmente estivesse em Chicago, era apenas uma hora ao norte do lago Wawasee. Eu podia ir e voltar a tempo de as crianças terminarem “O Messias”, de Händel. Ou quase.

Eu queria explicar isso tudo para minha amiga. Queria dizer: “Ruth, veja bem, Pamela não vai me demitir se eu sair do acampamento porque ela é a responsável por isso tudo... bem, de certa forma."

Mas outra coisa que aprendi na última primavera é que quanto menos as pessoas souberem das coisas, melhor. De verdade. Até mesmo pessoas como sua melhor amiga.

— Então o que você está falando é que se sentiria pouco à vontade em me emprestar seu carro. — Tentei falar com Ruth do modo que aprendemos a falar com crianças complicadas no treinamento de monitores.

— Você me ouviu corretamente. Mas ficaria feliz em ir com você, seja aonde for. Isso se você tiver como me prometer que não vamos nos meter em encrenca.

Comi um pouco de macarrão com queijo e pensei em como sair dessa sem ferir os sentimentos dela.

— Não tenho como garantir — falei por fim, dando de ombros.

— Pois bem. Então você vai ter que achar outro bobo pra te emprestar o carro. Que tal Dave? Vi que ele estava de olho em você hoje de manhã, na piscina.

Sentei mais ereta.

— Viu? — Achei que ele estava de olho em *Ruth*.

— Vi, sim. Você devia tentar. — Ruth mordeu um pedaço de frango. — Ei, talvez pudéssemos sair juntos. Você sabe, você e Dave, e eu e... — Vi o olhar dela seguir em direção à mesa de Scott e depois retornar para mim. Ela engoliu. — Bem, você sabe — completou ela, constrangida. — Se as coisas derem certo.

Se as coisas derem certo entre ela e Scott, ela queria dizer. Ruth achava que as coisas dariam certo entre mim e Dave. Pareceu esquecer que eu já gostava de alguém, e não era Dave.

Ou talvez não tivesse esquecido. Ruth não exatamente aprovava meu relacionamento — se é que podia ser chamado assim — com Rob Wilkins.

Dave Chen, no entanto, era aceitável. E muito. Eu tinha ouvido ele falar para alguém que tinha conseguido quase gabaritar o PSAT em matemática.

Eu estava ali sentada, me perguntando por que parecia errado, de alguma forma, arrastar um cara como Dave para minha existência problemática quando nem pensei duas vezes na hora de arrastar Rob, de quem eu gostava bem mais do que gostava de Dave, quando Ruth falou de repente:

— Você não tem sua primeira aula particular hoje à tarde? Não devia estar ensaiando, talvez?

Dei uma mordida na pizza. Não era ruim. Não tão boa quanto a do meu pai, é claro, mas com certeza bem melhor do que aquilo que serviam no Hut.

— Prefiro que Monsieur Le Blanc me escute no meu pior momento — expliquei. — Quer dizer, não dá para melhorar a perfeição.

Ruth sacudiu a mão na minha direção, irritada.

— Vá se sentar com seus pequenos encrenqueiros. Eles estão te chamando, sabia?

Meus pequenos encrenqueiros estavam mesmo me chamando. Peguei minha bandeja e me juntei ao restante do Chalé Bétula.

— Jess — disse Tony. — Veja só isso.

Ele arrotou. Os outros Bétulas riram com admiração.

— Isso não é nada. Ouça isso. — Sam tomou um longo gole de Coca. Depois soltou um arroto de duração e volume tão intensos que as pessoas das mesas próximas olharam com admiração. Embora satisfeito, Sam modestamente se recusou a ganhar todo o crédito por seu feito.
— Ter desvio de septo ajuda — informou ele.

Ao ver que o Dr. Alistair, diretor do acampamento, tinha olhado em nossa direção, rapidamente mudei o rumo da conversa para a nova música do Chalé Bétula, que logo todos cantavam com dedicação.

Oh, construíram o navio Titanic
Para navegar no mar azul.
Acharam que era um navio
Que a água jamais invadiria.
Mas em sua primeira viagem
Um iceberg atingiu o navio.
Oh, foi triste quando o grande navio afundou.

Refrão:
Oh, foi triste
Muito triste
Foi triste
Foi triste quando o grande navio afundou
Para o fundo do...
Maridos e esposas, criancinhas perderam a vida
Foi triste quando o grande navio afundou
Catapou
Ele afundou
Como lixo
Cha-cha-cha

Tudo estava indo muito bem até eu ver que Shane estava comendo todo o sorvete de Lionel entre os versos da música. E sorvete era a única comida que não se podia repetir no Camp Wawasee, pelo motivo óbvio de que, sem tal restrição, os campistas não comeriam nada além de sorvete de menta com pedaços de chocolate.

— Shane! — gritei. Ele ficou tão surpreso que largou a colher.

— Ah, droga — disse Shane, olhando para a camisa suja de sorvete. — Olha o que a lésbica me fez fazer.

— Agora são três, Shane — informei-o calmamente.

Ele olhou para mim, perplexo.

— Três o quê? Do que você está falando?

— Três strikes. Vai dormir na varanda esta noite, camarada.

Shane respondeu com desdém:

— Grande coisa.

Arthur disse:

— Shane, seu idiota, isso significa que você vai perder a história.

Ele apertou os olhos na minha direção.

— Não vou perder a história — disse, calmamente.

Olhei para Arthur.

— Que história?

— Você vai contar outra história hoje, não vai, Jess?

Todos os hóspedes do Chalé Bétula viraram as cabeças para me olhar. Falei:

— É claro. Claro que vai ter outra história.

Tony cutucou Shane.

— Ha-ha — provocou ele. — Você vai perder.

Shane estava furioso.

— Você não pode fazer isso — explodiu ele. — Se não, eu... eu...

— Vai fazer o quê, Shane? — perguntei, com voz entediada.

Ele apertou os olhos.

— Vou contar — falou ele ameaçadoramente.

— Contar o quê? — quis saber Arthur, com a boca cheia de batatas fritas.

— É — falei. — Contar o quê?

Porque é claro que eu tinha me esquecido de Shane ter invadido meu quarto na noite anterior e ter me visto com a foto de Taylor. Tinha me esquecido completamente.

Mas ele não perdeu tempo em me lembrar.

— Você sabe — disse ele, os olhos transbordando malícia. — Garota *relâmpago*.

Engoli o pedaço de pizza que estava mastigando. Foi como um pedaço de cartolina descendo pela minha garganta. E não só porque era comida de lanchonete.

— Ué — falei, tentando parecer não ligar. — Pode contar pra quem quiser. Fique à vontade.

Era mentira, é claro, mas funcionou, pois a bola dele baixou rapidinho. Ele encolheu os ombros e olhou para o prato vazio meditativamente, como se esperasse que uma resposta apropriada fosse brotar ali.

Não senti pena nenhuma. Pequeno valentão. Mas eu não estava zangada só com Shane. Estava aborrecida com

Lionel também. Como ele podia ficar parado deixando as pessoas implicarem com ele daquele jeito? É verdade que Shane era 20 quilos mais pesado do que ele, mas eu tinha vencido adversários bem maiores quando tinha a idade e o tamanho de Lionel.

Depois do almoço, enquanto andávamos em direção ao prédio de música, onde as crianças teriam aulas até o ensaio livre das 15h, tentei fazer Lionel entender o fato de que, se ele não se defendesse, Shane ia continuar a torturá-lo.

— Mas Jess — disse Lionel. Ele pronunciou meu nome como se a grafia fosse Jace. — Ele vai me bater.

— Olha só, Lionel. Ele pode até bater em você. Mas aí você também bate nele, só que com mais força. E no nariz. Caras grandes são uns frescos quando se trata do nariz.

Lionel pareceu em dúvida.

— No meu país, a violência é vista com reprovação. — disse, com sotaque.

— Bem, você está nos Estados Unidos agora — falei para ele. Os outros Bétulas tinham entrado em suas salas de ensaio. Só havia Lionel e eu no saguão, além de algumas poucas pessoas.

— Vamos lá. Feche o punho.

Lionel fez o que mandei, mas cometeu o erro fatal de colocar o polegar dobrado por baixo dos outros dedos.

— Não, não, não. Dobre o polegar por cima dos outros dedos, senão vai quebrá-lo quando der com o punho na cara de Shane.

Lionel ajeitou o polegar, mas disse:

— Acho que não quero dar com o punho na cara de Shane.

— Claro que quer — falei. — E quando você fizer isso, não vai querer quebrar o polegar. Lembre-se do que falei: bata no nariz. A cartilagem nasal quebra com facilidade e não machuca tanto a mão quanto se você batesse, por exemplo, na boca. Nunca bata na boca.

— Acho que não precisamos nos preocupar com isso — falou ele.

— Que bom. — Dei um tapinha no ombro dele. — Agora vá para a aula antes que se atrase.

Lionel saiu andando, segurando o estojo da flauta e olhando para baixo, cético, para o próprio punho. Do outro lado do saguão, ouvi aplausos. Ruth, Scott e Dave estavam lá com ninguém mais, ninguém menos do que Karen Sue Hanky.

— Que ótimo jeito de resolver a situação, Jess — comentou Ruth com sarcasmo.

— É — disse Scott com uma risada. — Ensinando o garoto a dar um soco.

Dave fingiu pensar.

— Engraçado. Não me lembro de terem nos ensinado esse método para resolver conflitos no treinamento de monitores.

Eles estavam brincando, é claro. Mas Karen Sue, como sempre, estava completamente séria.

— Acho deplorável — disse ela. — Ensinar um garotinho a resolver seus problemas com violência. Você devia ter vergonha de si mesma.

Olhei para ela.

— Você obviamente nunca foi vítima de bullying — falei.

Karen ergueu o queixo.

— Não, porque me ensinaram a resolver minhas diferenças com os outros usando a paz, sem a força.

— Então, em outras palavras, você nunca foi vítima de bullying.

Ruth riu abertamente, já Scott e Dave colocaram as mãos sobre a boca, tentando disfarçar. Mas Karen Sue não se deixou abalar. Ela disse:

— Talvez seja porque não saio por aí *irritando* as pessoas como você, Jess.

— Ah, que ótimo. Culpar a vítima, por que não?

Agora Scott e Dave tiveram que se virar para a parede de tanto que estavam rindo. Ruth, obviamente, nem se deu ao trabalho de tentar esconder.

As pontas das orelhas de Karen começaram a ficar rosadas. Reparei nisso porque ela estava usando uma faixa de cabelo azul, que combinava com o short azul, que combinava com o estojo azul da flauta, e a faixa deixava o cabelo para trás das orelhas, deixando que caísse em cachos perfeitos sobre os ombros. Ah, e também deixava em evidência os brincos de pérolas.

Eu mencionei que Karen Sue Hanky é do tipo feminina?

— Bem — disse ela, tensa. — Se me derem licença, vou voltar ao meu chalé agora para guardar minha flauta. Espero que goste da aula particular com o professor Le Blanc, Jess. Ele me disse que toco excepcionalmente.

— É verdade — murmurei. — Excepcionalmente mal.

Ruth me deu uma cotovelada.

— Ah, por favor — falei. — A flauta dela nem é com chave aberta. Como ela pode ser boa? — Além do mais, Karen Sue já tinha ido embora. Não tinha como ter me ouvido.

Scott, ainda rindo, disse:

— Olha só, Jess. Eu e Dave tivemos uma ideia. Sobre aquele negócio da história de terror que você inventou. O que você acha de a gente se unir?

Olhei para eles, atenta.

— Do que vocês estão falando?

— Nossos chalés podiam se reunir depois da Toca hoje à noite, e você podia contar pra eles outra das suas histórias de terror. Como a que você contou ontem, que deixou seus garotinhos com tanto medo que não saíram mais da cama.

— A gente podia levar nossos garotos por volta das 21h30 — disse Dave.

— É — disse Scott, olhando timidamente na direção de Ruth. — E talvez suas garotas queiram ir também, Ruth.

Ruth pareceu surpresa — e feliz — com a sugestão. Mas sua relutância em sujeitar suas meninas a garotos como Shane superou a vontade de passar um tempo precioso com Scott.

— De jeito nenhum — disse ela. — Não vou deixar nenhuma das minhas meninas perto daquele pequeno pesadelo.

— Talvez Shane se comporte — arrisquei — se jogarmos um pouco de estrogênio na mistura. — Era um experimento que tentaram durante a detenção na Ernest Pyle High, com resultados um tanto controversos.

— Aham — disse Ruth. — Sabe o que aquele garoto fez durante o ensaio geral dos campistas hoje de manhã?

Eu não sabia.

— O quê?

— Abriu um esgotador de saliva de um trompete em cima de algumas Frangipanas.

Fiz uma careta. Não era tão ruim quanto eu temia... mas também não era nada bom.

— E o trompete nem era dele — prosseguiu Ruth. — Ele o tinha *roubado*. Se você acha que vou deixar minhas meninas chegarem perto dele, está louca.

Concluí que era melhor assim. Eu não tinha nenhuma história de terror em mente que pudesse contar na presença de caras como Scott e Dave. Eles saberiam imediatamente que eu estava plagiando Stephen King. E imagina como seria constrangedor contar uma história tendo meu suposto namorado Rob como herói na frente desses caras.

Dave aparentemente percebeu minha relutância, pois disse:

— Levaremos a pipoca.

Vi que não tinha como escapar. E pipoca de graça não era algo a ser desprezado. Então falei:

— É, acho que tudo bem.

— Legal. — Scott e Dave deram um high five.

Fiz outra careta, mas dessa vez não teve nada a ver com Shane. Dave tinha esbarrado em mim e feito com que a foto de Keely Herzberg, enfiada no bolso de trás do meu short, me furasse e me fizesse lembrar que eu tinha uma outra coisinha para fazer aquela noite.

Capítulo 8

— Paul Huck era um cara que morava na mesma rua que eu.

Eu tinha descoberto um jeito de não passar vergonha na frente de Scott e Dave. Abandonei a ideia da reformulação de uma velha história de Stephen King e optei por contar uma história de terror que meu pai costumava contar quando meus irmãos e eu éramos pequenos e ele nos levava para acampar nos bosques de Indiana — viagens nas quais minha mãe nunca ia, pois alegava ser alérgica à natureza e, mais particularmente, a bosques.

— Não era um cara muito inteligente — expliquei para as dezenas de rostinhos extasiados à minha frente. — Na verdade, ele era meio lerdo. Só conseguiu chegar à quarta série, quando a escola ficou difícil demais pra ele e os pais o deixaram ficar em casa, até porque não davam muito valor à educação, pois nenhum dos Huck tinha conquistado nada na vida tendo ou não frequentado a escola...

— Ei. — Uma voz baixa e aguda soou por trás da porta fechada da varanda. — Posso entrar agora?

— Não — gritei em resposta. — Onde eu estava mesmo?

Continuei contando como Paul Huck tinha crescido e virado um indivíduo forte, burro como uma espiga de milho, mas de bom coração.

Mas eu não estava pensando em Paul Huck. Nem um pouco. Estava pensando no que tinha acontecido depois que concordei em permitir que Scott e Dave fizessem uma mini-invasão ao meu chalé com os garotos deles. Eu tinha ido para minha aula particular com o professor Le Blanc.

E acabei quase sendo demitida.

De novo.

E dessa vez não foi porque eu estava fazendo uso pessoal de propriedade do acampamento ou ensinando músicas obscenas para os garotos.

Então por quê, você pergunta. Por que o renomado flautista clássico Jean-Paul Le Blanc tentaria demitir uma pessoa superlegal, sem mencionar talentosa, como eu?

Porque descobriu meu mais profundo segredo, o que eu guardava no fundo do meu coração...

Não, não aquele. Não o fato de que ainda possuo meu dom paranormal. Meu *outro* segredo.

O que aconteceu foi o seguinte:

Logo depois que Scott, Dave e Ruth foram embora, andei até a sala na qual teria minha aula com o professor Le Blanc. E ele estava lá. Dava para saber pelos tons puros e doces que emanavam da pequena sala. As salas de ensaio precisam ter isolamento acústico, e realmente têm... mas só se você estiver dentro de uma delas. Do corredor, é possível ouvir o que se passa atrás das portas.

E preciso dizer: o que se passava atrás daquela porta era Bach da melhor qualidade. Estamos falando de uma melodia na flauta que era tão elegante, tão segura, tão... bem, apaixonada, que quase me deixou com lágrimas nos olhos. Não ouvimos esse tipo de execução na Orquestra Sinfônica da Ernest Pyle High School, entende? Fiquei tão hipnotizada que nem pensei em bater na porta para que o professor soubesse que eu tinha chegado. Eu não queria que a doce música acabasse nunca.

Mas acabou. E então, logo em seguida, a porta da sala de ensaio se abriu e o professor Le Blanc apareceu. Ele estava dizendo:

— Você tem um talento. Um talento extraordinário. Não usá-lo seria um crime.

— Sim, professor — respondeu uma voz entediada que eu estranhamente reconheci.

Olhei para baixo, chocada pelo fato de uma música tão adorável ter saído da flauta de um aluno, e não do mestre.

E meu queixo caiu.

— Oi, lésbica — disse Shane. — Feche a porta do celeiro, as moscas estão entrando.

— Ah — disse o professor Le Blanc ao me ver. — Vocês dois se conhecem? Ah, sim, é claro, Jessica, você é a monitora dele, eu tinha me esquecido. Então pode me fazer um grande favor.

Eu ainda estava olhando para Shane. Não dava para evitar. Aquela melodia? Aquela bela melodia? Tinha sido produzido por *Shane*?

— Certifique-se de que este jovem entenda como é raro um talento igual ao dele — disse o professor Le Blanc, apoiando as mãos nos ombros gorduchos de Shane. — Ele insiste que a mãe o obrigou a vir para o Wawasee este verão. Que na verdade teria preferido ir para um acampamento de beisebol.

— Acampamento de *futebol americano* — falou Shane com amargura. — Não *quero* tocar flauta. *Meninas* tocam flauta. — Ele olhou para mim com muita raiva ao dizer isso, como se me desafiasse a contradizê-lo.

Eu não o contradisse. Não consegui. Ainda estava atônita. Só conseguia pensar: *Shane? Shane* tocava flauta? Ele tinha dito que tocava flauta *de vara*. Não sabia que ele estava falando a verdade... ao menos parcialmente.

Mas *flauta* de verdade? Era *Shane* que produzia aquela linda — não, não apenas linda —, aquela *magnífica* melodia no mesmo instrumento que o *meu*? Shane? O *meu* Shane?

O professor Le Blanc estava balançando a cabeça.

— Não seja ridículo — disse ele para Shane. — A maior parte dos grandes flautistas do mundo era homem. E com um talento igual ao seu, meu jovem, você um dia pode estar entre eles...

— Não se eu for recrutado pelos Bears — respondeu Shane.

— Bem — disse o professor Le Blanc, parecendo um pouco surpreso. — Hum, aí talvez não...

— Minha aula acabou? — perguntou Shane, virando o pescoço para olhar para o professor.

— Hum — disse o professor Le Blanc. — Sim, na verdade, acabou.

— Ótimo — disse Shane, enfiando o estojo da flauta debaixo do braço. — Então vou cair fora daqui.

E com isso, ele foi embora.

O professor Le Blanc e eu ficamos olhando para ele por um ou dois minutos. Então o professor pareceu despertar e, segurando a porta da sala de ensaio para mim, falou com alegria forçada:

— Bem, agora vamos ver o que você sabe fazer, Jessica. Por que não toca alguma coisa para mim? — O professor Le Blanc foi até o piano que ficava no canto da sala, que era do tamanho de um closet, sentou-se no banco e pegou um Palm Pilot. — O que você quiser — disse ele, apertando as teclas do Palm Pilot. — Gosto de avaliar o nível dos meus alunos antes de começar a ensinar.

Abri o estojo da minha flauta e comecei a montar o instrumento, mas minha cabeça não estava no que eu fazia. Eu não conseguia esquecer o que tinha ouvido. Não fazia sentido. Não fazia sentido que Shane tocasse daquele jeito. Simplesmente não parecia possível. O garoto tinha tocado lindamente, com emoção, como se tivesse sido arrebatado pelas notas, cada uma soando com pureza angelical, quase dolorosa. O mesmo Shane que tinha enfiado um hambúrguer inteiro na boca durante o almoço (eu estava lá e vi), com pão e tudo, praticamente de uma vez, só porque Arthur o tinha desafiado. O mesmo Shane. Aquele Shane podia tocar *daquele* jeito.

E nem ligava. Preferia ter ido para o acampamento de futebol americano.

Ele estava mentindo. Ligava, sim. Ninguém podia tocar daquele jeito e não ligar. Ninguém.

Levei a flauta aos lábios e comecei a tocar. Nada de especial. Green Day, "Time of Our Lives". Acrescentei uma levada jazz, pois é uma música relativamente simples. Mas eu só conseguia pensar em Shane. Tinha que haver profundidade, *poços* de emoção inexplorada naquele garoto para fazer com que fosse capaz de produzir um som daquele.

E tudo o que ele queria fazer era jogar futebol americano.

O professor Le Blanc tirou os olhos do Palm Pilot em algum momento do meu recital. Quando terminei, ele falou:

— Toque outra coisa, por favor.

Comecei a tocar uma melodia que eu sempre deixava de stand-by: "Fascinating Rhythm". Sempre agrada a plateia. Pelo menos agradava meu pai quando eu ensaiava em casa. Eu costumava tocá-la em ritmo acelerado para acabar logo. Foi o que fiz naquele momento.

A questão era: como um garoto que sabia tocar daquele jeito podia ser um total pé no saco? Como era possível que a pessoa que acabara de tocar uma música tão perturbadoramente linda e a pessoa que de manhã dissera a Lionel que tinha enfiado a escova de dentes dele na privada (depois, é claro, que ele tinha começado a usá-la) fossem o mesmo indivíduo?

O professor Le Blanc estava remexendo em sua pasta, que estava em cima do piano.

— Aqui. Toque isso. — Ele colocou um livro com partituras no suporte em frente à minha cadeira.

Brahms. Sinfonia número 1. O que ele estava tentando fazer, me colocar para dormir? Era um insulto. Tínhamos tocado aquilo no meu primeiro ano. Meus dedos voaram pelas chaves. Abertas, é claro. Minha flauta era praticamente uma antiguidade, herdada de algum membro obscuro do clã Mastriani que a tinha obtido em circunstâncias questionáveis. Tá, tudo bem, era provavelmente roubada.

O que eu não conseguia entender era o que Deus (e nem estou dizendo que tenho certeza absoluta de que Ele exista, mas por questão de argumento, vamos dizer que sim) estava pensando ao dar um talento daqueles a um garoto como Shane. Falando sério. Por que ele tinha recebido aquele incrível dom para a música quando obviamente estaria mais feliz correndo por um campo com uma bola nas mãos?

Fala sério, se isso não for prova de que Deus existe e Ele ou Ela tem um senso de humor distorcido, não sei o que pode explicar.

— Pare. — O professor Le Blanc tirou o livro de Brahms e colocou outro na minha frente.

Beethoven. Sinfonia número 3.

Não sei quanto tempo fiquei ali sentada olhando para o livro. Talvez um minuto inteiro até conseguir despertar do estupor induzido por Shane e dizer:

— Hum, professor? Então, não conheço esta música.

O professor Le Blanc ainda estava sentado no banco do piano, com os braços cruzados. Ele tinha guardado o Palm Pilot e agora me observava com atenção. O fato de que ele era mesmo um pouco gato não tornou isso mais agradável. Ele parecia um pouco com um falcão, daqueles que vemos o tempo todo voando em círculos sobre alguma coisa no milharal, fazendo você se perguntar o que o pássaro idiota estaria vendo lá embaixo. Seria um rato selvagem ou o cadáver de um estudante em decomposição?

O professor Le Blanc disse, enunciando com cuidado:

— Sei que você não conhece essa música, Jess. Quero ver se consegue tocá-la.

Fiquei olhando para a partitura.

— Bem — falei, depois de um tempo. — Eu provavelmente consigo. Será que você pode cantarolar minha parte primeiro?

Ele não pareceu surpreso pelo meu pedido. Fez que não com a cabeça e o cabelo meio castanho ondulado e compridinho (mais do que o meu, sem dúvida) balançou ao redor da cabeça.

— Não. Eu não cantarolo. Comece, por favor.

Eu me mexi com desconforto no banco.

— É que normalmente, na minha cidade, meu professor de orquestra costuma cantarolar a melodia toda pra nós primeiro, e eu realmente...

— Ahá!

O professor Le Blanc gritou tão alto que quase deixei a flauta cair. Ele apontou um longo dedo acusatório para mim.

— *Você não sabe ler partituras* — disse, num tom misto de triunfo e horror.

Senti minhas orelhas ficarem rosadas do mesmo jeito que as de Karen Sue no saguão. Só que não apenas rosadas. Vermelhas. Minhas orelhas ardiam. Meu rosto ardia. O ar-condicionado da sala de ensaio era forte o bastante para que quase precisássemos usar casaco, mas eu estava pegando fogo.

— Isso não é verdade — disse, tentando parecer casual. Pois é, uma coisa fácil de fazer quando seu rosto estava ficando vermelho-carro-de-bombeiro. — Aquela nota ali, por exemplo. — Apontei para a partitura. — É uma colcheia. E aquela ali é uma semibreve.

— Mas que nota é? — perguntou o professor Le Blanc.

Meus ombros se encolheram. Eu tinha sido pega em flagrante.

— Olha. Eu não *preciso* saber ler partituras. Só preciso ouvir a música uma vez e eu...

— ... e você sabe tocar. Sim, sim, sei. Sei tudo sobre vocês. Pessoas que ouvem uma vez e sabem tocar. — Ele balançou a cabeça com asco. — O Dr. Alistair sabe disso?

Senti meus pés começarem a suar dentro dos tênis Puma de tanto que ele estava me assustando.

— Não — falei. — Você não vai contar pra ele, vai?

— Não vou contar pra ele? — O professor Le Blanc deu um salto do banco do piano. — Não vou contar para o Dr. Alistair que uma das monitoras é *analfabeta* musical?

Ele gritou as últimas duas palavras. Qualquer um passando do lado de fora podia ter ouvido. Falei baixinho:

— Por favor, professor Le Blanc. Não me entregue. Vou aprender a ler essa música. Prometo.

— Não quero que você aprenda a ler essa música. — O professor Le Blanc estava de pé agora e andava de um lado para o outro na sala. Considerando que ela tinha 2 por 2 metros, não um caminho muito longo. — Você devia saber ler *todas* as músicas. Como pode ser tão preguiçosa? Só porque consegue ouvir uma música uma vez e então tocá-la, usa isso como desculpa para não aprender a ler partituras? Deveria ter vergonha. Deveria ser mandada de volta para o lugar de onde veio e ser obrigada a trabalhar em um supermercado como embolsadora.

Lambi meus lábios. Não tinha como evitar. Minha boca tinha ficado completamente seca.

— Hum, professor? — falei.

Ele ainda estava andando de um lado para o outro e quase bufando. Na escola, nos obrigaram a ler um livro sobre um cara chamado Heathcliff que gostava de uma fracassada chamada Cathy, que não gostava dele, e juro por Deus, o professor Le Blanc meio que me fazia lembrar um Heathcliff velho pelo modo como bufava sobre uma coisa que não levava a nada.

— O *quê?* — gritou ele para mim.

Engoli em seco.

— É empacotadora. — Como ele ficou me olhando sem entender, completei: — Você disse que eu teria que trabalhar como embolsadora. Mas se chama empacotadora.

O professor Le Blanc apontou para a porta.

— *Fora* — rugiu ele.

Eu estava chocada. Era tudo muito injusto. Nos filmes, quando alguém descobre que outra pessoa não sabe ler, sempre fica cheio de compaixão e tenta ajudar o coitado. Como Jane Fonda ajudou Robert De Niro quando descobriu que ele não sabia ler em um filme muito chato que minha mãe me fez assistir com ela uma vez. Eu não acreditava que o professor Le Blanc estava sendo tão insensível. Meu caso, se você pensasse bem, era bastante trágico.

Decidi tentar apelar para as emoções mais profundas dele... se é que ele tivesse alguma, coisa de que eu duvidava.

— Professor, olha só. Sei que mereço ser expulsa daqui e tudo, mas juro, isso é parte do motivo pelo qual aceitei esse trabalho. Eu sei que minha incapacidade de ler partituras está atrasando meu crescimento como artista e tinha grandes esperanças de que essa fosse minha grande chance de consertar isso.

Eu realmente não acreditava que ele fosse cair nessa baboseira, mas, para meu grande alívio, ele caiu. Não sei por quê. Talvez porque eu estivesse tremendo. Não por eu estar nervosa nem nada. Eu estava, mas nem tanto. A mesa térmica não me apavorava tanto assim. Era só porque estava fazendo, tipo, zero grau lá dentro.

Mas acho que o professor Le Blanc achou que eu estava devidamente intimidada ou algo do tipo, porque acabou dizendo que não me entregaria para o Dr. Alistair. Embora não estivesse muito feliz com isso, devo dizer. Ele me disse que, como os horários dele estavam completamente tomados, não teria tempo de me ensinar a ler partituras *e* preparar minha música para o concerto no final do verão. Eu falei que tudo bem, que não queria participar da droga de concerto mesmo, mas ele ficou todo ofendido, porque o concerto é para ser o que todos nós trabalhamos para alcançar nas seis semanas que passamos lá.

Por fim, concordamos que eu o encontraria três vezes por semana às 7h — sim, sete da manhã — para que ele pudesse me ensinar o que eu precisava saber. Tentei explicar que às 7h eu tinha a ida à piscina do Urso-Polar, que também era a única hora em que eu poderia realisticamente tomar banho, mas ele não ligou.

Meu Deus. Músicos. Tão temperamentais.

Enquanto eu estava lá no Chalé Bétula, pensando no quanto tinha chegado perto de ser demitida e falando sobre Paul Huck, olhei para todos os garotos na minha frente e me perguntei quantos deles cresceriam e virariam um professor Le Blanc. Provavelmente todos. E isso me entristeceu. Porque me parecia que eles nem teriam a chance de ser outra coisa se só tivessem duas horas por dia de tempo livre para brincar.

Menos Shane, é claro. Shane, o único no Camp Wawasee para Crianças com Talentos Musicais que provavelmente poderia ganhar a vida como músico se quisesse, obviamente não. Não queria, foi o que eu quis dizer. Ele queria ser jogador de futebol americano.

E, sabe, eu meio que conseguia me identificar com isso. Eu sabia como era um saco ter um dom que você nunca pediu para ter.

— ... então Paul Huck arrumou empregos no bairro — prossegui —, aparando gramados e arrumando os jardins das pessoas no verão, e cortando lenha no inverno. Praticamente ninguém reparava nele, mas quando reparavam, concluíam que era um bom sujeito. Mas sem muito conteúdo no andar de cima.

Olhei para Scott e Dave. Eles estavam sentados no peitoril da janela. Em alguns minutos eu daria o sinal, e um deles se esgueiraria até a cozinha para dizer sua fala.

— Mas tinha muita coisa acontecendo na cabeça de Paul Huck. Porque, enquanto estava nos jardins das pessoas, arrancando restos de árvores e outras coisas, Paul Huck também as observava. E a pessoa que ele mais gostava de olhar era uma garota chamada Claire Lippman, que, todos os dias durante o verão, gostava de subir no telhado da varanda para tomar sol com um biquíni pequenininho.

Era meio perturbador o jeito como as pessoas entravam sorrateiramente nas minhas histórias inventadas. Na versão do meu pai, a garota se chamava Debbie. Mas Claire, que se formaria na Ernie Pyle este ano, parecia se encaixar direitinho.

— Paul se apaixonou por Claire. E muito. Ele pensava em Claire todos os dias enquanto tomava café da manhã. Pensava em Claire enquanto pilotava o cortador de grama todas as tardes. Pensava em Claire quando jantava à noite. Pensava em Claire quando estava deitado na cama depois de um longo dia de trabalho. Paul Huck pensava em Claire Lippman o tempo *todo*.

"Mas — olhei para todos os rostinhos virados na minha direção —, Claire Lippman não pensava em Paul Huck no café da manhã. Não pensava nele quando estava se bronzeando no telhado da varanda todas as tardes. Não pensava nele enquanto jantava, e certamente não pensava nele antes de adormecer à noite. Claire Lippman nunca pensava em Paul Huck porque mal sabia que ele existia. Para Claire, Paul era só um faz-tudo que tirava ninhos de esquilos da chaminé dela todas as primaveras e que pegava os gambás mortos dentro de um poço decorativo que ela tinha no quintal. E só."

Eu podia sentir o grupo ficando inquieto. Era hora de começar a chegar ao sangue.

Contei a eles que chegou um ponto em que Paul ficou desesperado. Ele sabia que, se quisesse conquistar o coração de Claire, teria que agir. Então, em um dia de primavera, enquanto limpava as calhas de Claire, teve uma ideia. Decidiu que ia dizer a Claire o que sentia.

— Quando isso ocorreu a Paul, Claire apareceu do outro lado da janela, bem onde ele estava limpando. Paul achou que era o momento perfeito para dizer o que queria. Mas, quando estava prestes a dar uma batidinha na janela, Claire começou a tirar a roupa. — Isso provocou alguns risinhos que ignorei. — O aposento onde ela estava era o banheiro, e ela estava se preparando para tomar um banho. Não reparou em Paul ali na janela... a princípio. E Paul, bem, ele não soube o que fazer. Nunca tinha visto uma mulher nua antes, muito menos o amor de sua vida, Claire. Então ficou ali paralisado, em cima da escada, totalmente incapaz de se mexer.

"Então, quando Claire olhou em direção à janela, assim que estava prestes a entrar no chuveiro, viu Paul ali, e ficou tão assustada que soltou um grito tão alto que quase fez Paul cair da escada onde estava.

"Mas Claire não parou em um grito. Ela ficou tão assustada que continuou gritando. As pessoas do lado de fora ouviram, olharam pra cima e viram Paul Huck olhando pela janela do banheiro de Claire Lippman. E, bem, elas não sabiam que ele estava ali para limpar as calhas. Paul sempre tinha sido um cara estranho, que morava com os pais mesmo tendo mais de 20 anos e que falava como uma criança de 9. Talvez tivesse enlouquecido. Então começaram a gritar também, e Paul ficou com tanto medo de todos os gritos e de tudo que estava acontecendo que pulou da escada e saiu correndo em disparada.

"Paul não sabia o que tinha feito, mas concluiu que devia ser bem ruim, visto que tinha deixado tanta gente com raiva. Tudo que ele sabia era que, fosse o que fosse, devia ser ruim o bastante para que alguém tivesse chamado a polícia, e se a polícia fosse lá, o colocaria na prisão. Então Paul não foi pra casa, achando que seria o primeiro lugar onde procurariam por ele. Em vez disso, correu para os arredores da cidade, onde havia uma caverna. Todo mundo tinha medo de entrar na caverna porque morcegos e outros bichos moravam lá. Mas Paul tinha mais medo da polícia do que de morcegos, então se enfiou na caverna e ficou lá até escurecer.

"Depois que Claire se recuperou do susto, percebeu o que tinha acontecido e se sentiu mal. Mas não queria admitir pra ninguém que o erro tinha sido dela — que ela tinha pedido a Paul pra limpar as calhas e que era isso que ele estava fazendo na escada. Porque assim ela ia parecer uma grande idiota. Então guardou segredo e deixou todo mundo pensar que Paul era um *voyeur*."

Continuei contando que Paul, com medo, permaneceu naquela caverna. Ficou lá a noite toda e o dia seguinte inteiro também. Expliquei que naquele ponto os pais dele estavam realmente preocupados. Ligaram para a polícia e pediram ajuda na busca, mas isso só piorou as coisas, porque uma vez Paul saiu da caverna para ver se as pessoas ainda o estavam procurando e viu um carro de polícia.

Isso o fez entrar ainda mais fundo na caverna, e quando sentia sede, bebia água de lá.

— Mas não tinha comida na caverna — falei. — E Paul não podia sair pra comprar nada, já que poderia ser pego. Chegou uma hora em que ficou com tanta fome que simplesmente pirou. Viu um morcego, agarrou-o, arrancou a cabeça e comeu cru.

Isso gerou alguns gemidos de nojo.

E esse, contei aos meninos, foi o começo do declínio de Paul até a loucura. Em pouco tempo, ele já sobrevivia de água da caverna e carne de morcego. Perdeu muito peso, e a barba foi crescendo e ficando longa e embaraçada. Não podia lavar o cabelo porque não tinha xampu, e assim começou a ficar cheio de galhos e terra. As roupas dele viraram farrapos e passaram a pender de seu corpo como trapos. Mas ainda assim ele não saía da caverna, sem conseguir encarar a vergonha do que quer que tivesse feito a Claire.

O tempo passou. O inverno chegou. Logo Paul ficou sem morcegos para comer. Ele tinha que sair da caverna à noite e revirar o lixo das pessoas em busca de ossos de galinha e leite estragado para não morrer de fome. Às vezes, criancinhas acordavam à noite e o viam, então contavam aos pais na manhã seguinte sobre o estranho cabeludo que tinham visto no quintal, e os pais diziam: "Pare de contar mentiras."

Mas as crianças sabiam o que tinham visto.

O tempo continuou passando. Uma noite, Paul Huck estava revirando o lixo de alguém quando achou um jornal. Jornais não costumavam interessar muito a Paul, considerando que não sabia ler. Mas aquele tinha uma foto. Ele apertou os olhos à luz da lua e se deu conta de que era uma foto do seu antigo amor, Claire Lippman. Ele não precisava saber ler para entender por que a foto dela estava no jornal. Ela estava usando um vestido de noiva e um véu. Claire Lippman tinha se casado.

Louco como estava, Paul não conseguia pensar como uma pessoa normal — não que conseguisse antes. Mas depois de um longo tempo de dieta de morcegos e lixo, que era só o que ele tinha comido nos últimos anos, ele tinha piorado muito. Então, o que pareceu a Paul uma grande ideia — a de que devia dar um presente de casamento para Claire mostrando que não tinha ressentimentos — simplesmente não teria ocorrido a uma pessoa normal.

— O pior de tudo — falei — foi que a ideia que Paul teve para o presente de casamento foi percorrer todos os jardins da cidade e colher todas as rosas que conseguisse encontrar. Ele fez isso, é claro, no meio da noite, e por toda a cidade as crianças acordaram, olharam pela janela e disseram: "Lá está Paul Huck de novo", e se perguntaram o que ele ia fazer com todas aquelas rosas.

"O que Paul fez foi empilhá-las na varanda de Claire Lippman, assim ela as veria logo que saísse de casa para ir trabalhar."

E então, contei para as crianças, pela primeira vez um adulto acordou e ouviu Paul Huck. Foi o marido de

Claire Lippman, Simon, que não era da cidade. Ele não sabia quem era Paul Huck. Simon apenas desceu para a cozinha querendo um copo de leite antes de ir dormir e viu um homem gigantesco e desgrenhado coberto de terra e sangue — porque os espinhos das rosas tinham cortado Paul em todas as partes que encostaram — de pé na varanda da casa dele. Simon nem pensou no que fazia. Como estava na cozinha, pegou a primeira coisa que viu que podia usar como arma — uma faca de trinchar — e foi até a porta da frente, abrindo e dizendo: "Quem diabos é você?"

— Paul ficou muito surpreso por alguém estar falando com ele, pois ninguém tinha lhe dirigido uma palavra em cinco longos anos, e se virou de repente, logo antes de ir embora. Simon não entendeu que Paul só tinha levado um susto. Achou que o homem gigantesco, cabeludo e coberto de sangue ia atacá-lo. Então empunhou a faca e atingiu Paul bem abaixo do queixo, e *whoosh*... cortou a cabeça dele. Paul Huck — falei — estava morto.

Só ouviu-se silêncio.

Então descrevi como o marido de Claire, em pânico ao ver o que tinha feito, correu para dentro de casa para chamar a polícia. Com toda a confusão, Claire acordou e desceu a escada. Foi até a varanda. A primeira coisa que viu foram todas as rosas. A segunda foi um corpo grande e sangrento em cima delas. A última coisa que viu foi uma cabeça, quase enterrada sob as flores.

E, embora a cabeça tivesse uma longa barba e os olhos estivessem virados para dentro do crânio, Claire reconheceu Paul Huck. Ela juntou a visão das rosas ao fato de que o homem era Paul e soube que o marido tinha matado a pessoa que, por causa dela, vivia como um animal havia cinco longos anos.

Claire não deixou Simon chamar a polícia. Ela insistiu que ele tinha matado um homem inocente. Paul nunca tivera tido intenção de machucar nenhum dos dois. Se a notícia se espalhasse, Claire e o marido (que era um cirurgião muito importante) ficariam arruinados socialmente, ela sabia. Explicou isso tudo para Simon. Disse que tinham que esconder o corpo e fingir que nada tinha acontecido.

Simon ficou revoltado, mas gostava de Claire e do status que tinha no topo da escala social da cidade. Então fez um acordo com ela: se livraria do corpo de Paul se Claire se livrasse da cabeça.

Ela concordou. Então, enquanto Simon enrolava o corpo de Paul em lençóis — para que ele não sujasse de sangue a parte de trás do carro novo enquanto Simon dirigia até o lago, onde pretendia se livrar dele —, Claire segurou a cabeça e a jogou no primeiro lugar em que pensou: no poço que havia no quintal.

Quando Simon voltou do lago, os dois limparam o sangue e as rosas. Então, exaustos, foram dormir.

Tudo pareceu ir bem a princípio. Ninguém, exceto as crianças da cidade que acreditavam que Paul Huck estava vivo, percebeu que ele tinha sumido. Aos poucos, Claire e Simon conseguiram esquecer o que tinham feito. Suas vidas voltaram ao normal.

Mas só até a primeira lua cheia depois do assassinato. Naquela noite, Claire e Simon foram despertados por um gemido que vinha do quintal. A princípio, acharam que era o vento. Mas o gemido parecia formar palavras. E elas eram: "Onde... está... minha... cabeça?"

Eles acharam que estavam ouvindo coisas. Mas então, parecendo vir ainda mais de perto do que o primeiro gemido, ouviram as palavras: "Dentro... do... poço."

Claire e Simon colocaram os roupões e correram para o andar de baixo. Ao olharem para o quintal, havia o maior choque de suas vidas. Pois ali, à luz da lua, havia uma horrenda visão — o corpo decapitado de Paul Huck, pingando e todo coberto de algas do lago, gemendo: "Onde... está... minha... cabeça?"

E, de dentro do poço, a resposta ecoou: "Dentro... do... poço!"

Claire e o marido ficaram loucos naquele momento. Saíram correndo da casa e nunca mais voltaram, nem para buscar suas coisas. Contrataram uma empresa de mudanças para que fizesse o serviço por eles. E colocaram a casa à venda.

— Mas sabem de uma coisa? — Olhei para todos os rostos que me observavam sob o brilho suave da minha lanterna. — Ninguém comprou a casa. Parecia que todos podiam sentir que havia algo de errado. Ninguém comprou e, aos poucos, ela começou a desmoronar. Vândalos jogavam pedras pelas janelas, ratos se instalaram lá, e morcegos, iguais aos que Paul costumava comer, moravam no sótão. Está vazia até hoje. E nas noites de lua cheia, se você for até o quintal, ainda pode ouvir o vento gemendo, igual a Paul Huck: "Onde... está... minha... cabeça?"

Da cozinha escura veio um lamento grave e fantasmagórico:

— Dentro... do... poço!

Várias coisas aconteceram ao mesmo tempo. Todos os meninos gritaram. Scott surgiu de dentro da cozinha sorrindo. E a porta da frente se abriu, de onde Shane, ofegante e pálido, gritou:

— Vocês ouviram? Vocês ouviram? É ele, Paul Huck! Por favor, não me faça dormir lá fora, prometo que ficarei bonzinho de agora em diante, prometo!

E, com isso, comecei a entender um pouco — só um pouco — mais claramente como podia ser possível para um garoto como Shane tocar uma melodia tão bela quanto aquela.

Capítulo 9

Quando acordei na manhã seguinte, sabia onde Keely Herzberg estava.

Não que houvesse muito que eu pudesse fazer com a informação. Eu não ia sair correndo até a sala de Pamela para contar a ela o que eu sabia. Ao menos ainda não. Eu precisava verificar a situação, ter certeza de que Keely queria ser encontrada.

E, graças a Paul Huck, eu sabia exatamente como ia fazer isso.

Bem, não exatamente graças a Paul Huck. Mas graças ao fato de Scott e Dave terem ido ao meu chalé na noite anterior, eu tinha aprendido bastante sobre a questão dos telefones. Acontece que todos os monitores tinham celulares. É sério. Todos menos Ruth, e eu... e Karen Sue Hanky, eu acho, já que ela nunca faria uma coisa que poderia ser chamada de infração às regras.

Não sei por que Ruth e eu somos tão atrasadas. Somos as únicas garotas de 16 anos de Indiana que não têm celular. O que há de errado com nossos pais? Eles deveriam querer que tivéssemos celulares, para que pudéssemos ligar para eles quando fôssemos nos atrasar, ou coisas assim.

Mas, por outro lado, nunca saímos de noite, porque nunca somos convidadas para nada. A culpa disso é porque somos nerds da orquestra. Ah, e por causa dos meus *problemas* também, eu acho.

Mas todo o restante da equipe de monitores do acampamento tinha celular. Eles vinham fazendo e recebendo ligações ao longo da semana, deixando o aparelho no modo vibratório e atendendo sem Pamela nem o Dr. Alistair verem.

E agora, por conta do tanto que apavorei os garotos deles na noite anterior, a ponto de eles fazerem tudo que os monitores pediram, como ir dormir, tanto Scott quanto Dave estavam ansiosos para me emprestar o celular quando pedi durante o café da manhã.

Peguei o de Dave, pois tinha menos botões e parecia menos intimidante. Então saí do refeitório e fui para a Toca, que estava vazia naquela hora do dia. Achei que a qualidade do sinal seria boa...

E não parecia provável que, se os federais ainda estivessem monitorando minhas atividades, conseguissem ir atrás de mim sem que eu percebesse.

O telefone de Rob tocou umas cinco vezes antes de ele atender.

— Oi, sou eu — falei. E como, pelo que eu sabia, podia haver dezenas de garotas ligando para ele antes das nove da manhã, acrescentei: — Jess.

— Sei que é você — disse Rob. Não pareceu estar dormindo nem nada. Era ele quem costumava abrir a oficina para o tio, então ele acorda bem cedo. — Como vai? Como estão as coisas no acampamento da banda?

— É acampamento da orquestra.

— Dá na mesma. Como você está?

O que tem na voz de Rob que me deixa toda trêmula, do mesmo jeito que fiquei na sala de ensaio com ar-condicionado potente no dia anterior... só que por dentro, não por fora? Não sei. Mas suspeito que tenha alguma coisa a ver com a palavra que começa com *A*.

Mesmo sendo errado eu ter me apaixonado tanto por um cara que claramente não queria se envolver comigo. Por que ele não podia ver que éramos feitos um para o outro? Tínhamos nos conhecido na detenção, pelo amor de Deus. Preciso dizer mais?

— Tudo bem — falei. — Só que meio que estou com um problema.

— Ah, é? Qual?

Tentei imaginar como Rob estava, sentado na cozinha — ele e a mãe só têm um telefone, que fica na cozinha. Achei que devia estar usando jeans. Eu nunca o tinha visto usando outra coisa. E era ótimo, pois ele ficava excepcionalmente bem de jeans. Parecia que o bumbum dele tinha sido feito para ser modelado por um par de Levi's e os ombros largos desenhados especificamente para preencher a jaqueta de couro que sempre usava quando andava de moto.

O resto dele também não era tão ruim.

— Bem — falei, tentando não pensar na sensação do cabelo encaracolado dele, que normalmente estava precisando de um corte, encostando na minha bochecha da última vez que ele me deixou beijá-lo. Fazia muito tempo. Tempo demais. Ah, Deus, por que eu não podia ser uns dois anos mais velha? — Olha, é o seguinte. — E contei a ele brevemente sobre Jonathan Herzberg.

— Então — concluí —, só preciso de uma carona até Chicago pra verificar a situação, e sei que você trabalha e tudo o mais, mas eu estava me perguntando se, quando você tirar um dia de folga, não se importaria...

— Mastriani — disse ele. Não pareceu zangado nem nada, embora eu estivesse tentando usá-lo... de uma maneira bem óbvia. — Você está a *quatro horas* de distância.

Fiz uma careta. Eu tinha esperanças de que ele só fosse se lembrar disso depois de dizer sim. É que, na minha imaginação, quando ensaiei essa ligação, Rob tinha ficado tão empolgado de ter notícias minhas que pulara imediatamente na moto e fora até onde eu estava, sem perguntar nada.

Mas, na vida real, os caras fazem perguntas.

— Sei que é longe — falei. Sua burra. O que você esperava? Ele disse que não quer sair com você. Quando vai colocar isso no seu cabeção duro? — Quer saber? — continuei. — Deixa pra lá. Posso pedir a outra pessoa...

— Não estou gostando disso — falou Rob. Achei que ele quis dizer que não estava gostando de eu pedir a outra pessoa para me levar e fiquei meio animada por um minuto, mas então ele falou: — Por que diabos seu irmão contou a esse cara onde você estava?

Suspirei. Rob não conhecia Douglas. Nem ninguém da minha família, exceto meu pai, e mesmo assim tinha sido uma vez, só por um minuto. Acho que nenhum deles ficaria empolgado pelo fato de eu estar apaixonada por um cara que conheci na detenção.

E nem pelo fato de que a razão — pelo menos a que ele me dá — para não estarmos saindo é que está em condicional e não quer se encrencar namorando uma menor.

Minha vida tinha ficado muito complicada, eu juro.

— Como você sabe que isso não é uma armação daqueles agentes que estavam atrás de você na primavera? — perguntou Rob. — Pode muito bem ser, Mastriani. Eles podem ter planejado isso tudo como uma forma de provar que você mentiu quando disse que não tinha mais seus poderes.

— Eu sei. É por isso que quero verificar a história primeiro. Mas vou pedir a outra pessoa pra me levar. Não é nada de mais.

— Que tal Ruth? — Rob só tinha encontrado Ruth uma ou duas vezes. Ele a tinha chamado de garota gorda na primeira vez que se referiu a ela, mas rapidamente aprendeu que não deixo as pessoas falarem assim da minha melhor amiga. Assim como não deixo Ruth chamar Rob do que ela chama todo mundo que mora fora dos limites da nossa cidade: caipira. Se Rob e eu começássemos a namorar, certamente haveria algum atrito entre os dois.

E nunca ia poder dizer que ele me ama secretamente pelo jeito que trata minhas amigas. — Ruth não pode te levar?

— Não — falei. Eu não queria entrar no assunto de Ruth não saber lidar bem com uma crise. — Não se preocupe com isso. Vou encontrar alguém. Não é nada de mais.

— O que quer dizer com vai encontrar alguém? — Rob pareceu irritado comigo, coisa que ele não tinha direito algum de estar. Não é meu namorado nem nada. — Quem você vai encontrar?

— Algumas pessoas aqui têm carro. Vou tentar convencer alguma delas a me levar, só isso.

Dave apareceu de repente no alto da escadaria que levava à Toca. Ele gritou:

— Ei, Jess, está acabando? Preciso levar meu pessoal para o prédio de música agora.

— Ah. Tá, só um minuto — falei para ele. Ao telefone, falei: — Preciso ir. Um cara me emprestou o celular e preciso devolver agora, porque ele está indo embora.

— Que cara? — perguntou Rob. — Tem caras aí? Achei que era um acampamento pra crianças.

— Na verdade, é — falei. Era minha imaginação ou ele parecia... bem, perturbado? — Mas tem caras que são monitores.

— O que um *cara* está fazendo trabalhando em um acampamento de banda para criancinhas? Deixam *caras* fazer isso?

— Ué, claro. Por que não? Ei, espera um minuto. — Olhei para Dave. Embora ainda não fossem 9h, dava para ver pela intensidade do sol que ia ser um dia quente. — Ei, Dave — gritei. — Você tem carro, não tem?

— Tenho — gritou Dave. — Por quê? Está planejando uma fuga?

Ao telefone, falei:

— Quer saber? Acho que...

Mas Rob já estava falando. E o que ele disse, para minha surpresa, foi:

— Pego você às 13h.

Fiquei completamente confusa.

— Você o quê? Do que está falando?

— Chego aí às 13h — repetiu Rob. — Onde você vai estar? Me diga o caminho.

Perplexa, disse o caminho para Rob e concordei em encontrá-lo em uma curva da estrada logo depois do portão principal do acampamento. Então desliguei, ainda curiosa para saber o que tinha feito ele mudar de ideia.

Subi os degraus até onde Dave estava e devolvi o celular.

— Obrigada — falei. — Você salvou minha vida.

Dave deu de ombros.

— Precisa mesmo de carona pra algum lugar?

— Não preciso mais — falei. — Eu...

E foi aí que a ficha caiu. Entendi por que Rob tinha sido tão indiferente em relação ao meu afastamento por sete semanas e por que, agorinha mesmo ao telefone, tinha mudado de ideia quanto a ir comigo.

Ele achava que não haveria garotos ali.

É sério. Ele achava que seria apenas eu, Ruth e umas duzentas criancinhas; mais nada. Jamais ocorreu a ele que poderia haver garotos da minha idade por perto.

Pelo menos era a única explicação que me ocorreu para aquele comportamento peculiar.

Só que, obviamente, aquela explicação não fazia sentido algum. Porque, para que fosse verdade, Rob teria que gostar de mim, sabe, *daquele* jeito, e eu tinha certeza de que não gostava. Se sim, não se importaria tanto com a droga do oficial de condicional e a opinião dele sobre o assunto.

Por outro lado, a perspectiva de ir para a cadeia *é* bastante apavorante...

— Jess? Você está bem?

Eu me obriguei a focar. Dave estava olhando para mim. Eu tinha deslizado para a terra dos sonhos com Rob Wilkins bem na frente dele.

— Ah. Sim. Estou. Obrigada. Não, não preciso mais de carona. Está tudo bem.

Ele colocou o celular de volta no bolso.

— Ah. Tudo bem.

— Mas sabe do que preciso, Dave? — perguntei.

Dave balançou a cabeça.

— Não. De quê?

Respirei fundo.

— Preciso que alguém fique de olho nos meus garotos hoje à tarde — falei rapidamente. — Só por um tempo. Eu, hum, devo ficar presa em um negócio que tenho que fazer.

Dave, ao contrário de Ruth, não pegou no meu pé. Só deu de ombros e falou:

— Claro.

Meu queixo caiu.

— É sério? Você não se importa?

Ele deu de ombros de novo.

— Não. Por que eu me importaria?

Começamos a andar em direção ao refeitório. Quando chegamos perto, reparei que a maioria dos garotos do Chalé Bétula tinha terminado o café da manhã e estava do lado de fora, reunidos em volta de um dos cachorros do acampamento.

— É uma uva — dizia Shane em tom casual para Lionel. — Anda, come.

— Não acredito que seja uma uva — respondeu Lionel. — Portanto, acho que não vou comer, obrigado.

— Não, é sério. — Shane apontou para alguma coisa debaixo da orelha do cachorro. — Nos Estados Unidos, é aí que as uvas crescem.

Quando cheguei perto o suficiente, vi do que eles estavam falando. Preso em uma das orelhas do cachorro havia um carrapato enorme e cheio de sangue. Parecia um pouco com uma uva, mas não o bastante para enganar nem o mais tolo dos estrangeiros.

— Shane — falei, alto o bastante para fazê-lo dar um pulo.

— O quê? — Shane arregalou os olhos azul-claros para mim, com expressão de inocência. — Eu não estava fazendo nada, Jess. De verdade.

Até eu fiquei chocada com a mentira descarada dele.

— Estava, sim. Estava tentando fazer Lionel comer um carrapato.

Os outros garotos riram. Apesar do medo que Shane tinha sentido na noite anterior (e eu acabei deixando ele dormir dentro do chalé; nem mesmo eu era má o bastante para fazê-lo dormir na varanda depois da história de Paul Huck), ele estava de volta aos truques dele.

Da próxima vez eu ia fazer com que ele passasse a noite em uma canoa no meio do lago, juro por Deus.

— Peça desculpa — ordenei.

Shane disse:

— Não sei por que tenho que pedir desculpa por uma coisa que não fiz.

— Peça desculpa — repeti. — E depois tire aquele carrapato do pobre cachorro.

Esse foi meu primeiro erro. Eu mesma devia ter tirado o carrapato.

Meu segundo erro foi virar de costas para os garotos e revirar os olhos para Dave, que estava observando a interação toda com um grande sorriso no rosto. Na noite anterior, ele e Scott tinham me contado que todos os outros monitores estavam apostando quem ia vencer a batalha de determinação entre mim e Shane. As apostas estavam em dois contra um a favor de Shane.

— Desculpe, Lai-o-nel — ouvi Shane dizer.

— Lembre-se de mencionar isso para seus... — eu estava dizendo para Dave.

O ar da manhã foi cortado por um grito.

Eu me virei a tempo de ver Lionel, com a camiseta branca agora respingada de sangue, erguer o punho e lançá-lo com toda a força de seus aproximadamente 30 quilos contra o olho de Shane. Acho que ele estava mirando no nariz, mas errou.

Shane cambaleou para trás, obviamente mais surpreso pelo golpe do que ferido por ele. Mesmo assim, imediatamente começou um choro alto e infantil e, com as mãos pressionadas sobre o lado ferido do rosto, gritou com a voz repleta de choque e revolta:

— Ele me *bateu!* Jess, ele me *bateu!*

— Porque ele estourou o carrapato em mim! — declarou Lionel, puxando a camisa para que eu visse.

— Tudo bem — falei, tentando manter o café da manhã no estômago. — Já chega. Vão pra aula, os dois.

Horrorizado, Lionel disse:

— Não posso ir pra aula assim!

— Eu levo uma camiseta limpa pra você — falei. — Vou até o chalé, pego uma e levo pra você na aula de teoria da música.

Mais tranquilo, o garoto pegou o estojo da flauta e, com um olhar final na direção de Shane, saiu para sua aula.

Shane, no entanto, não foi tão facilmente tranquilizado.

— Ele devia receber um strike! — gritou. — Jess, ele devia receber um strike por bater em mim!

Olhei para Shane como se ele estivesse maluco. Na verdade, acho que, naquele momento, ele *estava* maluco.

— Shane. Você respingou sangue de carrapato nele. Ele tinha todo o direito de bater em você.

— Isso não é justo — gritou Shane, a voz dando um salto devido a um soluço. — Isso não é *justo!*

— Pelo amor de Deus, Shane — falei, achando um pouco de graça. — Você ter vindo para o acampamento de orquestra e não para o de futebol americano é uma boa coisa se você vai chorar cada vez que alguém enfia o dedo no seu olho.

Essa talvez não tenha sido a coisa mais sábia a se dizer, dadas as circunstâncias. O rosto de Shane se contorceu com emoção, mas eu não consegui identificar se era vergonha ou dor. Fiquei um pouco chocada de ter conseguido ferir seus sentimentos. Era meio difícil acreditar que um garoto como Shane *tinha* sentimentos.

— Não *escolhi* vir pra essa porcaria de acampamento — rugiu Shane para mim. — Minha mãe me *obrigou!* Ela não quis me deixar ir pro acampamento de futebol americano. Ficou com medo de eu machucar as drogas das minhas mãos e não conseguir mais tocar a droga da flauta.

Ao ouvir isso, fiquei quieta. Porque de repente consegui entender o ponto de vista da mãe de Shane. Afinal, ele tocava bem.

— Shane — falei com delicadeza. — Sua mãe está certa. O professor Le Blanc também. Você tem um dom incrível. Seria uma pena desperdiçá-lo.

— Como você, é o que quer dizer? — perguntou Shane acidamente.

— O que você quer dizer? — Balancei minha cabeça. — Não estou desperdiçando meu dom pra música. É um dos motivos de eu estar aqui.

— Não estou falando do seu dom pra *música* — disse Shane.

Fiquei olhando para ele. De repente, o que ele queria dizer ficou claro. Claro *demais*. Ainda havia pessoas por perto, observando e ouvindo, é claro. Graças à encenação dele, tínhamos atraído uma pequena plateia. Algumas das crianças que ainda não tinham ido para o prédio de música e alguns dos monitores tinham se juntado para observar o pequeno drama que se desenrolava em frente ao refeitório. Eles não sabiam a que ele estava se referindo, é claro. Mas eu sim. Eu sabia.

— Shane — falei. — Isso não é justo.

— É? — Ele riu. — Bem, você sabe o que mais não é justo, Jess? Minha mãe me obrigar a vir pra cá. E você não dar um strike pro Lionel!

E com isso ele foi embora, sem dizer mais nenhuma palavra.

— Shane — gritei. — Volte aqui. Juro que, se você não voltar, vai pra varanda com Paul Huck esta noite...

Shane parou, mas não porque eu o tivesse intimidado com minha ameaça. Ah, não. Ele parou porque deu um encontrão no Dr. Alistair, diretor do acampamento, que, provavelmente após ouvir a confusão de dentro do refeitório (onde costumava ficar quando todos os campistas tinham ido embora, para tomar uma xícara de café em paz), tinha saído para investigar.

— *Uff* — disse o Dr. Alistair quando a cabeça com mullet de Shane se chocou contra seu abdômen. Ele esticou os braços para segurar o garoto pelos ombros, numa tentativa de impedir que os dois caíssem. Shane não era nenhum peso-leve, você sabe. — O que significa toda essa balbúrdia? — perguntou o Dr. Alistair enquanto guiava Shane de volta na minha direção.

Antes que eu pudesse dizer qualquer coisa, Shane ergueu a cabeça e, encarando o Dr. Alistair com o rosto perfeitamente livre de lágrimas — mas no qual havia um inconfundível hematoma crescendo ao redor de um dos olhos — falou:

— Um garoto me bateu e minha monitora não fez nada, Dr. Alistair. — Então acrescentou, com um soluço: — Se meu pai descobrir sobre isso, vai ficar muito zangado, cara.

O Dr. Alistair olhou para mim com raiva por trás das lentes dos óculos.

— Isso é verdade, minha jovem? — perguntou. Ele só me chamou de minha jovem porque não conseguia se lembrar do meu nome, tenho certeza.

— Parcialmente — falei. — Quero dizer, é que um outro garoto bateu nele, mas só depois que...

Mas antes que eu pudesse concluir minha explicação, o Dr. Alistair tomou a frente da situação.

— Você — disse ele para Dave, que estava ali perto observando o desenrolar da situação com a boca aberta. — Leve este garoto para a enfermeira examinar o olho.

Dave ficou alerta de repente.

— Sim, senhor — respondeu e, olhando para mim com expressão de desculpas, colocou a mão no ombro de Shane e começou a guiá-lo em direção à enfermaria. — Vamos, garotão.

Shane, fungando, acompanhou ele... depois de fazer uma pausa e me lançar um olhar triunfante.

— Você — disse o Dr. Alistair, apontando o indicador para mim. — Você e eu vamos nos encontrar no meu escritório para discutir sobre o assunto.

Eu podia perceber que minhas orelhas estavam mais vermelhas do que nunca.

— Sim, senhor — murmurei. Só então reparei que entre os observadores estava Karen Sue Hanky, com a boca formando um pequeno "v" de prazer. Como eu queria enfiar o punho na cara de rato dela, como Lionel tinha feito.

— Mas só depois da uma da tarde. Tenho um seminário até essa hora — prosseguiu o Dr. Alistair, fazendo uma pausa para olhar o relógio.

Então, sem mais uma palavra, ele se virou e seguiu em direção ao refeitório.

Deixei os ombros caírem. Uma hora da tarde? Era o fim. Eu seria demitida, com certeza.

Porque é claro que não haveria jeito de eu comparecer à reunião com o Dr. Alistair. Não quando eu tinha um compromisso no mesmo horário para verificar a situação de Keely Herzberg. Meu emprego era importante, eu acho. Mas não tanto quanto uma garotinha que podia ou não ter sido roubada de seu pai, detentor da guarda dela.

Lembra-se do que eu tinha dito sobre como minha vida havia ficado complicada ultimamente? Pois é. Isso resumia tudo.

— Eu falei que a violência nunca é a resposta — disse Karen Sue assim que o Dr. Alistair saiu de perto.

Olhei para ela, irritada.

— Ei, Karen Sue — chamei.

Ela olhou para mim com cautela.

— O quê?

Fiz um gesto com o dedo que fez com que ela ofegasse e saísse correndo.

No entanto, reparei que muitos dos outros monitores que ainda estavam por perto pareceram achar bastante divertido

Capítulo 10

Ele estava atrasado.

Fiquei parada no acostamento da estrada, tentando ignorar o suor que escorria pela minha nuca. E não só na minha nuca. Havia uma piscina de suor entre meus peitos. Estou falando sério.

E eu também não estava nada confortável de jeans.

Mas que escolha eu tinha? Aprendi da pior forma a nunca andar de moto usando short. A cicatriz tinha sumido, mas não a lembrança do cheiro da pele da minha panturrilha queimando ao encostar no cano de descarga.

Mesmo assim, devia estar uns 38 graus naquela estrada longa e estreita. Havia muitas árvores para oferecer sombra, é claro. Que diabos, Camp Wawasee era repleto de árvores, exceto no lugar onde ficava o lago.

Mas se eu ficasse no meio das árvores, Rob poderia não me ver quando passasse correndo e continuar, assim momentos preciosos seriam perdidos...

Não que isso importasse. Eu seria demitida de qualquer jeito, por ter perdido a reunião das 13h com o Dr. Alistair. Eu apostava que, quando eu voltasse, minhas coisas já estariam empacotadas e esperando por mim nos portões da frente. Acabou, afundou, como lixo, ixo-ixo.

Estava começando a pingar suor do contorno da minha cabeça, da linha do couro cabeludo para cima dos meus olhos, quando finalmente ouvi o som de uma moto. Rob não era do tipo que dispensava o silenciador, então a Indian dele não fazia aqueles ruídos irritantes que se ouve a quilômetros de distância. Eu tinha acabado de tomar ciência do som acima do canto agudo das cigarras que estavam na grama alta ao longo do acostamento da estrada quando o vi, se aproximando numa velocidade de respeito.

Eu não precisava ter feito o que fiz (éramos as duas únicas pessoas na estrada ao longo de quilômetros, pois eu estava me convencendo de que o lago Wawasee era tão isolado quanto a estação polar Zebra), mas estiquei o braço, para ter certeza de que ele me veria. Podia ter pensado que eu era uma miragem ou algo do tipo. Era um daqueles dias de verão tão quentes que parecia que estávamos em um forno, quando se olha ao longe em uma estrada reta e vê poças de água nela, embora, quando finalmente se chega nelas, elas tenham evaporado como se nunca tivessem estado lá... porque, é claro, nunca estiveram. Era só uma daquelas ilusões de ótica da qual se fala na aula de biologia.

Rob foi dirigindo até mim e então apoiou a bota no chão para se equilibrar quando parou. Como sempre, ele pareceu incrivelmente grande, como um lenhador ou algo do tipo, só que vestido com mais estilo.

E quando tirou o capacete e olhou para mim com aqueles olhos — de um azul tão claro que eram praticamente do mesmo tom de cinza do cano de descarga da moto —, e eu me dei conta do seu cabelo desarrumado de um jeito sexy e dos antebraços bronzeados, tudo que consegui pensar foi que, por pior que tivesse sido, a coisa toda do relâmpago e do coronel Jenkins e tudo mais tinha valido a pena, porque levou até mim o Gato mais gato de todos, Rob.

Bem, ao menos de uma certa forma.

— Oi, marinheiro — falei. — Carona pra uma garota?

Rob me lançou o olhar característico dele, com a testa franzida, que parecia dizer "não se meta comigo", depois abriu o compartimento na parte de trás da moto onde guardava o capacete extra.

— Suba — foi tudo o que disse enquanto me entregava o capacete.

Como se eu precisasse de convite. Peguei o capacete, coloquei-o no lugar (tentando não pensar no meu cabelo suado), então passei os braços ao redor da cintura dele e falei:

— Afunda o pé, cara.

Ele me lançou um último olhar meio de desprezo, meio divertido e colocou o próprio capacete.

E saímos.

Não foi um beijo molhado nem nada, mas um "suba" não era ruim. Rob podia não estar completamente apaixonado por mim e tal, mas tinha ido, certo? Aquilo tinha que valer alguma coisa. Eu liguei para ele aquela manhã e disse que precisava que ele dirigisse por quatro horas, de um lado a outro do país, para ir me buscar. E ele tinha ido. Teve que encontrar alguém para substituí-lo no trabalho e teve que explicar para o tio por que não poderia ir trabalhar. Teve que comprar gasolina, tanto para a viagem até Chicago quanto para a de volta. Ele passaria em torno de 10 horas na estrada. Amanhã provavelmente estaria exausto.

Mas tinha ido.

E eu tinha a impressão de que o motivo pelo qual ele estava fazendo aquilo não era por ser uma causa nobre. É verdade que *era*, mas ele não estava fazendo aquilo tudo por Keely.

Pelo menos... Meu Deus, eu *espero* que não.

Às 14h30 estávamos descendo a Lake Shore Drive. A cidade parecia iluminada e limpa, as janelas dos arranha-céus brilhando à luz do sol. As praias estavam lotadas. As músicas que soavam nos rádios dos carros no tráfego faziam parecer que éramos um casal em um videoclipe ou em um comercial de TV. Da Levi's, talvez. Ali estávamos nós, dois tremendos Gatos — tá, tudo bem, um tremendo Gato; eu provavelmente sou apenas Pegável — passeando sobre uma Indian customizada em um ensolarado dia de verão. Dava para ficar mais cool?

Acho que, se tivéssemos notado desde o começo que estávamos sendo seguidos, podia ter sido mais cool. Mas não notamos.

Não notei porque estava ocupada vivenciando uma daquelas epifanias das quais sempre falam na aula de literatura.

Só que minha epifania, em vez de ser algum tipo de iluminação espiritual ou algo similar, era só uma onda de felicidade total porque eu estava com os braços ao redor de um cara malhado de quem eu gostava desde que eu podia me lembrar, e ele tinha um cheiro bom, de sabonete Coast e do sabão em pó que a mãe dele usava nas camisetas, e ele tinha que achar que eu era ao menos um pouco bonitinha, senão não teria percorrido aquele caminho todo para me buscar. Fiquei pensando, se ao menos eu pudesse passar o resto da minha vida assim: andando na moto de Rob, ouvindo música dos rádios dos carros alheios e talvez parando de vez em quando para comer uns nachos ou alguma outra coisa.

Não sei o que ocupava tanto os pensamentos de Rob a ponto de ele não notar a van branca nos seguindo. Talvez estivesse tendo uma epifania também. Ei, nunca se sabe.

Mas o que aconteceu foi que, em certo momento, tivemos que encostar na Lake Shore Drive para ver onde Keely estava e, pouco a pouco, o tráfego diminuiu, e mesmo assim não notamos a van roncando suavemente atrás de nós. Não tenho certeza, é claro, porque não estávamos prestando atenção, mas prefiro pensar que ficamos pelo menos a alguns carros de distância. Senão... bem, não tem nenhuma outra explicação para aquilo. Somos apenas idiotas. Ou pelo menos eu sou.

Acabamos por encostar em uma rua ladeada por árvores, cem por cento residencial. Eu sabia exatamente em que casa Keely estava, é claro, mas fiz Rob parar a umas três casas de distância, só por segurança. Ao menos *aquilo* eu sabia. *Àquilo* eu estava prestando atenção.

Ficamos parados em frente a casa onde Keely estava. Era apenas uma casa. Uma casa de cidade, portanto apertada entre as outras. De um lado havia uma viela estreita. O outro lado era encostado na casa vizinha. A casa de Keely não tinha sido pintada tão recentemente quanto a do lado. A tinta que ainda restava estava descascando de uma forma meio triste. Eu chamaria o bairro de estranho, no mínimo. Os pequenos jardins pareciam abandonados. A grama cresce rápido em um clima úmido como o do norte do Illinois e precisa ser cuidada com frequência. Ninguém naquela rua parecia se preocupar com a altura de sua grama ou com o tipo de lixo que havia em seus jardins.

Talvez fosse aquele o motivo da grama alta. Para esconder o lixo.

Rob, parado ao meu lado enquanto eu olhava para a casa, falou:

— Buraco de crack legal esse, hein?

Fiz uma careta.

— Não é tão ruim.

— É, sim — disse ele.

— Bem. — Empertiguei os ombros. Não estava mais suando depois de tanto vento em cima de mim, mas logo voltaria a suar se ficasse naquela calçada quente por muito mais tempo. — Seja o que Deus quiser.

Abri o portão da cerca baixa de correntes e subi os degraus de cimento até a porta. Só percebi que Rob tinha me seguido quando estiquei a mão para tocar a campainha.

— Qual é exatamente o plano? — disse ele enquanto ouvíamos o toque surdo da campainha dentro da casa.

— Não há plano — falei.

— Que ótimo. — A expressão de Rob não mudou. — Meu tipo favorito.

— Quem é? — perguntou uma voz de mulher por trás da porta fechada. Ela não parecia muito feliz por ser perturbada.

— Olá, senhora — gritei. — Meu nome é Ginger Silverman e este é meu amigo Nate. Somos formandos na Chicago Central High School e estamos fazendo uma pesquisa sobre a opinião de pais em relação à programação infantil da TV. Gostaríamos de saber se poderíamos fazer algumas perguntas sobre os tipos de programa de TV que seus filhos gostam de ver. Só vai demorar um minuto e será uma ajuda enorme para nós.

Rob olhou para mim como se eu fosse louca.

— Ginger Silverman?

Dei de ombros.

— Gosto desse nome.

Ele balançou a cabeça.

— *Nate?*

— Também gosto desse nome.

Dentro da casa, fechaduras estavam sendo giradas. Quando a porta foi aberta, vi, através da porta de tela, uma mulher alta e magra usando calça cortada e camiseta de gola alta. Dava para perceber que já tinha se dado ao trabalho de pintar o cabelo, mas que tinha desistido com o tempo. Agora as pontas do cabelo estavam louras, porém os cinco centímetros de raiz estavam castanhos. Na testa, apenas parcialmente escondida pelo cabelo de dois tons, havia uma ferida escura em formato de lua crescente, com uns 3 centímetros de comprimento. No canto da boca, tão fina e magra quanto o resto dela, havia um cigarro dependurado.

Ela olhou para mim e para Rob como se tivéssemos surgido de outro planeta e pedido a ela que se juntasse à Federação Galáctica ou coisa do tipo.

— *O quê?* — disse ela.

Repeti minha história sobre a Chicago Central High School (quem sabe se esse lugar sequer existia?) e nossa tese sobre programação televisiva para crianças. Enquanto eu falava, uma criança pequena apareceu das sombras atrás da Sra. Herzberg — se é que aquela era a Sra. Herzberg, embora eu supusesse que fosse — e, abraçando a perna da mulher, olhou para nós com grandes olhos castanhos.

Reconheci-a imediatamente. Keely Herzberg.

— Mamãe — disse Keely com curiosidade. — Quem são eles?

— Só uns garotos — disse a Sra. Herzberg. Ela tirou o cigarro da boca e reparei que as unhas estavam com aparência de terem sangrado. — Olha, não estamos interessados, tá? — disse ela para nós.

Ela estava começando a fechar a porta quando acrescentei:

— Há uma remuneração de 10 dólares pra todos os participantes...

A porta parou de fechar no mesmo instante. Em seguida, ela abriu-a de novo.

— Dez dólares? — perguntou a Sra. Herzberg. Seus olhos cansados debaixo da ferida com formato de lua crescente de repente ficaram mais intensos.

— Aham. Em dinheiro. Só pra responder a algumas perguntas.

A Sra. Herzberg deu de ombros, que eram bem magros, e, exalando um filete de fumaça azulada em nossa direção através da porta de tela, falou:

— Manda.

— Tudo bem — falei, ansiosa. — Hum, de qual programa sua filha... Ela é sua filha, não é?

A mulher assentiu sem olhar para baixo.

— É.

— Certo. De qual programa de TV sua filha mais gosta?

— *Vila Sésamo* — disse a Sra. Herzberg enquanto a filha falou ao mesmo tempo:

— *Os Anjinhos.* — disse Keely puxando a calça da mãe.

— *Vila Sésamo* — disse a Sra. Herzberg. — Minha filha só pode ver TV aberta.

Keely gritou:

— *Os Anjinhos!*

A Sra. Herzberg olhou para a filha e disse:

— Se você não parar com isso, vou mandar você brincar lá atrás.

O lábio inferior de Keely estava tremendo.

— Mas você sabe que gosto mais de *Os Anjinhos*, mamãe.

— Querida — disse a Sra. Herzberg. — Mamãe está tentando responder às perguntas dessas pessoas. Por favor, não interrompa.

— Hum — falei. — Talvez a gente deva ir em frente. A senhora e seu marido conversam sobre a que tipo de programa de TV sua filha pode assistir?

— Não — disse a Sra. Herzberg brevemente. — E não deixo que ela assista a lixo do tipo *Os Anjinhos*.

— Mas mamãe — disse Keely, com os olhos cheios de lágrimas. — Eu adoro eles.

— Já chega — disse a Sra. Herzberg. Ela apontou com o cigarro em direção ao fundo da casa. — Pra fora. Agora.

— Mas mamãe...

— Não — disse a Sra. Herzberg. — Já chega. Falei uma vez. Agora vá brincar lá fora e deixe a mamãe conversar com essas pessoas.

Keely, deixando escapar um soluço, desapareceu. Ouvi uma porta de tela bater em algum lugar da casa.

— Vá em frente — disse a Sra. Herzberg. Então ela franziu a testa. — Você não deveria estar anotando minhas respostas?

Ergui o braço e dei um tapa na minha testa.

— A prancheta! — falei para Rob. — Esqueci a prancheta!

— Bem — disse Rob. — Então acho que é o final da entrevista. Desculpe o incômodo, senhora...

— Não — falei, segurando-o pelo braço e puxando-o mais para perto da porta de tela. — Está tudo bem. Está no carro. Vou pegar. Continue fazendo as perguntas enquanto eu *vou pegar a prancheta.*

Os olhos azul-claros de Rob estavam gélidos quando ele olhou para mim, mas o que eu podia fazer? Completei:

— Pergunte sobre que tipo de programação *ela* gosta, Nate. E não se esqueça dos 10 dólares. — Então desci os degraus, passei pelo jardim com grama alta, cruzei o portão...

E aí, quando eu tinha certeza de que Rob estava distraindo a Sra. Herzberg, corri pela viela ao lado da casa até chegar a uma cerca alta de madeira que separava o quintal dela da rua.

Só levei um minuto para subir na lata de lixo que havia ali e olhar por cima da cerca, para o quintal.

Keely estava ali. Estava sentada em uma tartaruga de plástico verde que as pessoas enchem de areia. Tinha na mão uma Barbie muito suja e muito pelada. Cantava baixinho para a boneca.

Perfeito, pensei. Se Rob conseguisse manter a Sra. Herzberg ocupada por alguns minutos...

Pulei a cerca e desci do outro lado, no quintal. De alguma forma, apesar da minha graciosidade de ginasta e da minha furtividade de James Bond, Keely me ouviu e apertou os olhos para me observar contra a luz do sol.

— Oi — falei enquanto andava em direção à caixa de areia. — Como você está?

Keely olhou para mim com aqueles enormes olhos castanhos.

— Você não podia estar aqui — informou-me ela com seriedade.

— É — falei, sentando na beirada da caixa de areia, ao lado dela. Eu teria sentado na grama, mas, assim como o jardim da frente, ela estava alta e com aparência de desleixo, e depois da minha experiência recente com o carrapato, não estava muito ansiosa para encontrar outros parasitas sugadores de sangue. — Sei que não podia estar aqui — falei para Keely. — Mas eu queria fazer umas perguntas pra você. Posso?

Keely deu de ombros e olhou para a boneca.

— Acho que sim — disse ela.

Olhei para a boneca também.

— O que aconteceu com as roupas da Barbie?

— Ela perdeu todas — disse Keely.

— Nossa. Que pena. Acha que sua mãe vai comprar umas novas?

Keely deu ombros de novamente e enfiou a cabeça da Barbie na caixa de areia, mexendo a areia como se fosse massa de bolo e a Barbie fosse a colher. A areia na caixa não tinha cheiro de nova, se é que você me entende. Eu tinha a sensação de que alguns dos gatos do bairro andaram por ali algumas vezes.

— E seu pai? — perguntei a ela. — Será que seu pai pode comprar mais roupas pra Barbie?

Tirando a boneca da areia e ajeitando seu cabelo, Keely disse:

— Meu pai está no céu.

Bem. Isso esclarecia tudo, não é?

— Quem falou que seu pai está no céu, Keely? — perguntei a ela.

Keely deu de ombros e seu olhar foi em direção à boneca de plástico que tinha nas mãos.

— Minha mãe — disse ela. Depois, acrescentou: — Tenho um papai novo agora. — Ela tirou o olhar da Barbie e olhou para mim, com os olhos escuros arregalados. — Mas não gosto dele tanto quanto do meu antigo papai.

Minha boca ficou seca... tão seca quanto a areia debaixo dos nossos pés. Com dificuldade, consegui dizer:

— É mesmo? Por que não?

Keely deu de ombros e afastou o olhar de novo.

— Ele joga coisas. Jogou uma garrafa e acertou a cabeça da minha mãe, e saiu sangue e ela começou a chorar.

Pensei na ferida em forma de lua crescente na testa da Sra. Herzberg. Era exatamente do tamanho e do formato do corte que uma garrafa voando em alta velocidade faria.

E eu soube que aquilo resolvia tudo.

Acho que eu podia ter saído dali, ligado para a polícia e ter deixado que eles resolvessem tudo. Mas será que eu queria fazer a pobre criança passar por tudo aquilo? Homens armados dominando a mãe dela, com armas puxadas e todas essas coisas? Quem sabia como era o namorado atirador de garrafas da mãe? Talvez ele tentasse atirar nos policiais. Pessoas inocentes podiam se ferir. Nunca se sabe. Não tem como prever essas coisas. Sei que *eu* não tenho como, e sou eu quem tem poderes paranormais.

E a mãe de Keely parecia mesmo meio doida, reclamando que a filha só assistia a TV aberta enquanto enchia o pulmão da mesma criança de carcinógenos. Mas há coisas piores que uma mãe ou um pai podem fazer. Isso não a tornava uma mãe ruim. Ela nem estava fumando e apagando os cigarros no braço de Keely, como alguns pais que vi no noticiário.

Mas dizer à filha que o pai está morto? E ir morar com um cara que atira garrafas?

Nada legal.

Então, embora eu me sentisse uma completa idiota sobre o assunto, eu sabia o que precisava fazer.

E acho que você teria feito a mesma coisa em meu lugar. O que mais qualquer pessoa poderia ter feito?

Fiquei de pé e falei:

— Keely, seu pai não está no céu. Se vier comigo agora, vou levar você até ele.

Keely teve que inclinar a cabeça para me olhar. O sol estava forte demais, e por isso ela também precisou apertar os olhos.

— Meu pai não está no céu? Onde ele está então?

Foi quando ouvi o som da moto de Rob. Eu podia distinguir o som daquela moto dentre todas as motos da minha cidade inteira.

Sei que é besteira. É mais do que besteira. É patético, isso sim. Mas você pode me culpar? Eu alimentava mesmo uma esperança de que Rob estivesse louco por mim, satisfazendo sua necessidade carnal de estar comigo ao ir de moto até minha casa tarde da noite.

Ele nunca realmente fez isso, mas meus ouvidos se acostumaram tanto a procurar o som do motor que eu podia identificá-lo em um engarrafamento.

A verdadeira pergunta, é claro, era por que Rob tinha saído da varanda da Sra. Herzberg quando devia saber que eu não tinha terminado o que estava fazendo no quintal dela.

Alguma coisa estava errada. Alguma coisa estava muito errada.

E foi por isso que não senti muita dor na consciência quando olhei para Keely e falei:

— Seu pai está no McDonald's. Se formos rápido, podemos alcançá-lo e ele pode comprar um McLanche Feliz pra você.

Se eu me sentia mal de invocar a palavra com M para tirar uma criança do quintal da casa dela? Claro. Eu me sentia como lixo. Mais do que lixo. Eu me senti como se fosse Karen Sue Hanky ou alguma outra pessoa tão horrível quanto ela.

Mas também senti que não havia escolha. O som da moto de Rob naquele momento significava uma coisa, e só uma:

Tínhamos que ir embora. Imediatamente.

Funcionou. Graças a Deus, funcionou. Porque Keely Herzberg, que Deus abençoe seu coração de 5 anos, se levantou, olhou no meu rosto, deu de ombros e disse:

— Tá.

Foi naquele momento que me dei conta de por que Rob tinha saído de lá. A porta de tela que levava ao quintal se abriu e um homem de jeans justo e botas pesadas, segurando uma garrafa de cerveja, apareceu na varanda dos fundos e rugiu:

— Quem diabos é você?

Segurei a mão de Keely. É claro que eu sabia quem ele era. E só podia rezar para que a mira dele para alvos em movimento deixasse muito a desejar.

O som da moto de Rob estava se aproximado. Eu agora sabia o que ele estava fazendo.

— Venha — falei para Keely.

E saímos correndo.

Não pensei direito no que estava fazendo. Se eu tivesse parado para pensar, é claro que veria que não havia como nós duas corrermos mais rápido do que o namorado da Sra. Herzberg. Ele só precisava dar um pulo da varanda e estaria em cima de nós.

Felizmente, eu estava com medo demais de levar uma porrada de garrafa de cerveja para conseguir pensar.

Em vez disso, o que fiz foi: enquanto corria, passei a segurar Keely pelo braço e não pela mão, até que peguei-a com as duas mãos e carreguei-a. Quando chegamos na parte onde eu tinha pulado a cerca, joguei-a com toda a minha força por cima da cerca...

E ela saiu voando, assim como os sacos de mantimentos que o professor Le Blanc previu que eu passaria o resto da minha vida carregando.

O professor Le Blanc estava certo. Eu era uma garota má, de certa forma. Só que o que eu carregava não eram mantimentos, mas sim os filhos maltratados de outras pessoas.

Ouvi Keely cair com um som de sandálias de plástico no metal. Ela tinha parado na tampa da lata de lixo, onde, eu só podia torcer, Rob a pegaria. Agora era a minha vez.

Só que o novo pai jogador de garrafas de Keely estava bem atrás de mim. Ele soltou um "*Ei!*" chocado quando lancei Keely por cima da cerca. Em seguida, o chão tremeu — juro que o senti balançando debaixo dos meus pés — quando ele pulou da varanda e voou para cima de mim. Atrás de nós, uma porta de tela se abriu e ouvi a Sra. Herzberg gritar:

— Clay! Onde está Keely, Clay?

— Não fui eu — ouvi Clay gritar. — Foi *ela!*

Pronto. Eu estava morta.

Mas eu não ia desistir. Não enquanto a garrafa não estivesse esmagando meu crânio. Em vez disso, pulei e agarrei a parte de cima da cerca.

Consegui segurar, mas não sem algumas farpas entrarem nas minhas mãos. Eu estava quase lá. Só precisava passar minha perna por cima e...

Ele segurou meu pé. Meu pé esquerdo. Ele o tinha agarrado e estava tentando me puxar para baixo.

— Ah, não, não mesmo, garotinha — rosnou Clay para mim. Com a outra mão, ele segurou a parte de trás do meu jeans. Ao que parecia, ele tinha largado a garrafa de cerveja, o que era um alívio.

Só que, em um segundo, ele ia me puxar da cerca, me jogar no chão e pisar em mim com uma daquelas botas enormes.

— Jess! — ouvi Rob me chamar. — Jess, vem *logo*!

Ah, tá bom. Vou um pouco mais rápido agora. Desculpe pelo atraso, só estou passando um batonzinho...

— Você — disse Clay enquanto me puxava — está com um problemão, garotinha...

Foi quando baixei meu pé livre na direção do rosto dele. Minha sola se chocou contra o osso do nariz dele, produzindo um som de esmagamento que foi bastante satisfatório aos meus ouvidos.

Bem, nunca gostei de ser chamada de garotinha.

Clay soltou meu pé, assim como a parte de trás do meu jeans, com um grito ultrajado de dor. No segundo em que fiquei livre, me joguei por cima daquela cerca, caí com um baque na tampa da lixeira e pulei direto para a garupa da moto de Rob, que estava esperando logo abaixo.

— Vai — gritei, passando os braços ao redor dele e de Keely, que estava encolhida e com os olhos arregalados no assento na frente dele.

Rob não desperdiçou nem um segundo. Não ficou reclamando que nem Keely nem eu estávamos de capacete ou que eu tinha estragado o amortecedor ao pular da lixeira para a moto como um caubói na garupa do cavalo.

Não, ele baixou o pé e partimos, percorrendo a viela como alguma coisa lançada pela NASA.

Mesmo com o som do motor de Rob, eu ainda pude ouvir o grito angustiado atrás de nós.

— *Keely!*

Era a Sra. Herzberg. Ela não sabia, é claro, mas eu não estava roubando a filha dela. Eu a estava salvando.

Mas quanto à mãe de Keely...

Bem, ela era adulta. Ia ter que se salvar sozinha.

Capítulo 11

Não sei qual é sua opinião sobre o McDonald's. Sei que o McDonald's é responsável, ao menos parcialmente, pela destruição da floresta tropical da América do Sul, onde dizem que desmataram grandes trechos para cultivar pasto para todo o gado que precisam matar todo ano para fazer Big Macs suficientes para suprir a demanda e tudo o mais.

Só sei que há críticas ao fato de que existe pelo menos um McDonald's a cada 11 quilômetros nos Estados Unidos. Não um hospital, veja bem, nem uma delegacia, mas um McDonald's a cada 11 quilômetros.

É bastante assustador, se pensarmos no assunto.

Por outro lado, se você frequenta o McDonald's desde que era criança, como a maioria de nós, é meio reconfortante ver os arcos amarelos. Eles representam algo além de gordura saturada e colesterol alto. Significam que, onde quer que você esteja, bem, não está tão longe de casa.

E aquelas batatas são demais.

Felizmente, havia um Mc a alguns quarteirões da casa de Keely. Graças a Deus, senão Rob teria uma embolia. Dava para perceber que não estava gostando nada de ter que transportar a mim e Keely, as duas sem capacete, na garupa da Indian... mesmo sendo completamente seguro, se levarmos em consideração que eu a estava segurando e tudo o mais. E ele nem passou de 25 quilômetros por hora o tempo todo.

Bem, menos quando estávamos correndo pela viela para fugir de Clay.

Mas preciso dizer, quando paramos no estacionamento daquele McDonald's, percebi que Rob estava muito aliviado.

E quando entramos no ambiente com ar-condicionado gelado, *eu* fiquei aliviada. Estava suando como um porco. Não me importo muito com o lance de lutar contra o crime. É a umidade que acaba comigo.

Depois que entramos e Keely estava saboreando seu McLanche Feliz enquanto eu bebia avidamente uma Coca, Rob contou que estava ouvindo com atenção a descrição dos hábitos televisivos da Sra. Herzberg quando o namorado apareceu do nada, terminando a entrevista com um soco no batente da porta. Prevendo problemas, Rob rapidamente pediu licença — embora tenha conseguido tempo para entregar a nota prometida de 10 dólares — e foi me procurar.

Graças a Deus ele foi, senão seria eu com a marca de sapato no rosto, e não Clay.

Tentei devolver a ele os 10 dólares que ele dera à Sra. Herzberg, mas ele não aceitou. Além disso, insistiu em pagar pelo McLanche Feliz de Keely e pela minha Coca grande. Deixei que ele pagasse, pensando que, se eu tivesse sorte, ele talvez esperasse algum tipo de compensação.

Rá. Quem dera.

Depois de contarmos um ao outro nossas aventuras com Clay, deixei Rob com Keely e fui até o telefone público, onde digitei o número do escritório do Sr. Herzberg.

Uma mulher atendeu. Ela disse que o Sr. Herzberg não podia atender naquele momento por estar em uma reunião.

— Mande-o sair. Estou com a filha dele e não sei o que fazer com ela — falei.

Só me dei conta de que provavelmente tinha falado como uma sequestradora depois que a mulher me deixou em espera. Fiquei pensando se ela estava correndo pelo escritório, mandando as outras secretárias ligarem para a polícia para rastrear a ligação, ou coisa assim.

Mas duvido que tenha tido tempo. O Sr. Herzberg atendeu ao telefone quase imediatamente.

— Oi — falei. — Sou eu, Jess. Estou em um McDonald's... — Dei a ele o endereço. — Estou com Keely. Você pode vir buscá-la? Eu a levaria até você, mas estamos de moto.

— Quinze min-minutos. — O Sr. Herzberg estava gaguejando de empolgação.

— Ótimo. — Eu estava desligando quando o ouvi dizer outra coisa. Botei o telefone de volta na orelha. — O que você falou?

— Deus te abençoe — disse o Sr. Herzberg. Ele parecia emocionado.

— Hum — falei. — É. Tá. Venha logo.

Desliguei. Acho que essa é a única parte boa da coisa toda. Tipo, poder juntar os filhos aos pais que os amam e tal.

Mas eu gostaria que eles não ficassem tão emotivos por causa disso.

Quando desliguei e enfiei a mão no buraquinho do troco pra ver se alguém tinha esquecido alguma moeda — nunca se sabe, afinal —, reparei na van.

Andei até onde Rob e Keely estavam sentados.

— Ei. Temos companhia.

Rob olhou ao redor.

— Ah, é?

— Lá fora — falei. — A van branca. Não olhe. Vou cuidar dela. Fique aqui com Keely.

Rob deu de ombros e mergulhou uma batata frita no ketchup.

— Tudo bem.

Para Keely, falei:

— Seu pai está vindo.

Keely sorriu com alegria e sugou o milkshake pelo canudo.

Fui até o caixa e pedi dois cheesebúrgueres com batata e refrigerante para viagem. Depois peguei os dois sacos de papel e a bandejinha de papelão onde ficavam as bebidas e saí pela porta do lado oposto ao que estava a van.

Contornei a parte externa do prédio, passei pela janela do *drive-thru* e pelas lixeiras e saí atrás da van.

Então abri a porta lateral e entrei.

— Humm — falei com apreciação. — O ar está ótimo aqui. Mas vocês vão gastar a bateria se ficarem parados com o ar-condicionado ligado por muito tempo.

Os agentes especiais Johnson e Smith se viraram e olharam para mim. Os dois estavam de óculos escuros. A agente especial Smith ergueu os dela e olhou para mim com os olhos azuis perfeitos.

— Oi, Jessica — disse ela de maneira resignada.

— Oi. Achei que vocês podiam estar com fome, então trouxe isto. — Passei as bebidas e os sacos com os cheesebúrgueres e as batatas dentro. — Aumentei o tamanho da batata e do refrigerante.

A agente especial Smith abriu um saco e olhou dentro.

— Obrigada, Jess — disse ela, parecendo surpresa de uma maneira positiva. — Foi muita consideração sua.

— É mesmo — disse o agente especial Johnson. — Muito obrigado, Jessica.

Mas ele disse isso de uma maneira que dava para ver que estava meio, sei lá. Chateado.

— Há quanto tempo vocês estão me seguindo?

O agente especial Johnson — que nem tocou na comida — respondeu:

— Desde pouco depois que você saiu do acampamento.

— É mesmo? — Pensei no que ele disse. — Desde lá? Não reparei.

— Nós *somos* profissionais — disse a agente especial Smith, mordendo uma batata.

— Ao menos *deveríamos* ser — disse o agente especial Johnson de um jeito que fez a parceira largar a batata que estava comendo e fazer cara de culpa. — Como soube que estávamos aqui?

— Ah, peraí. Tem uma van branca parada na minha rua há meses. Você achou que eu não ia reparar?

— Ah — disse o agente especial Johnson.

Ficamos ali sentados, nós três, nos refrescando no ar-condicionado e inalando o delicioso aroma de batatas fritas. Havia muita coisa na traseira da van, coisas com botões vermelhos e verdes que piscavam. Pareciam equipamentos de vigilância, mas eu podia estar enganada. Era bom saber que o governo não estava desperdiçando o dinheiro dos contribuintes em coisas frívolas como monitorar adolescentes paranormais.

Por fim, o sedutor aroma do McD foi demais para a agente especial Smith. Ela enfiou a mão no saco de novo e dessa vez pegou um dos cheesebúrgueres, então começou a desembrulhá-lo. Quando reparou na expressão de reprovação do agente especial Johnson, falou:

— Vai ficar frio, Allan. — E deu uma mordida.

— E aí? Como vocês dois estão?

— Bem — respondeu a agente especial Smith com a boca cheia.

— Estamos bem — disse o agente especial Johnson. — Mas gostaríamos de falar com você.

— Se queriam falar comigo, podiam ter me feito uma visita. Vocês obviamente sabem onde me encontrar.

— Quem é a garotinha? — perguntou o agente especial Johnson, gesticulando com a cabeça em direção à janela ao lado da qual Rob e Keely estavam sentados.

— Ah, ela? — Eu me inclinei para a frente e, como ele obviamente não as queria, enfiei a mão no saco de batatas do agente especial Johnson e peguei um punhado. — É minha prima.

— Você não tem primas dessa idade — disse a agente especial Smith depois de um gole do refrigerante que levei para ela.

— Não tenho?

— Não — disse ela. — Não tem.

— Bem — falei. — Então ela é prima de Rob.

— É mesmo? — O agente especial Johnson pegou um bloco e uma caneta. — E qual é o sobrenome de Rob?

— Rá — falei com a boca cheia de batatas. — Como se eu fosse te contar.

— Ele é meio bonitinho — observou a agente especial Smith.

— Eu sei — falei, com um suspiro.

O suspiro deve ter me entregado, porque a agente especial Smith perguntou:

— Ele é seu namorado?

— Ainda não. Mas será.

— É mesmo? Quando?

— Quando eu fizer 18 anos. Ou quando ele não conseguir mais resistir à esmagadora atração que sente por mim e me agarrar. O que vier primeiro.

A agente especial Smith caiu na gargalhada. Mas o parceiro dela não parecia estar se divertindo.

— Jessica — disse ele. — Você gostaria de nos contar sobre Taylor Monroe?

Inclinei minha cabeça inocentemente.

— Quem?

— Taylor Monroe — disse o agente especial Johnson. — Desapareceu há 2 anos. Uma ligação anônima foi feita ontem ao Disque-Desaparecidos, dando um endereço em Gainesville, Flórida, onde o garoto podia ser encontrado.

— Ah, é? — Puxei um fio solto no meu jeans. — E ele estava lá?

— Estava. — O olhar do agente especial Johnson, refletido no retrovisor, não se desgrudou do meu. — Você não saberia nada sobre isso, saberia, Jess?

— Eu? — Fiz uma careta. — De jeito nenhum. Mas isso é ótimo. Os pais dele devem estar muito felizes, né?

— Estão em êxtase — disse a agente especial Smith, tomando um gole de Coca. — O casal que o levou, que não podia ter filhos, está na cadeia, e Taylor já foi devolvido aos pais. Nunca se viu reencontro tão feliz.

— Ah — falei, realmente satisfeita. — Que fofo.

O agente especial Johnson ajeitou o retrovisor para que pudesse ver meu reflexo mais claramente.

— Muito bem — falou ele secamente. — Eu quase acreditei que você não teve nada a ver com isso.

— Bem, não tive.

— Jessica. — O agente especial Johnson balançou a cabeça. — Quando vai admitir que mentiu para nós na primavera passada?

— Não sei — falei. — Talvez quando você admitir que cometeu um grande erro ao se casar com a Sra. Johnson e que seu coração pertence à Jill aqui.

A agente especial Smith engasgou com o cheesebúrguer. O agente especial Johnson precisou bater nas costas dela para que voltasse a respirar.

— Ah. Desceu pelo caminho errado? Odeio quando isso acontece.

— Jessica. — O agente especial Johnson se virou no banco (o tanto que conseguiu, considerando que o volante atrapalhava) e me olhou com ira. Sério. *Ira* é a única palavra para descrever. Ei, eu fiz o PSAT. Sei do que estou falando. — Você pode achar que escapou na primavera passada — rosnou ele — com aquela coisa de ir falar com a imprensa. Mas estou lhe avisando, mocinha. Estamos de olho. Sabemos o que você anda fazendo. E é só uma questão de tempo...

Por cima do ombro do agente especial Johnson, vi um Passat chegando em alta velocidade pelo cruzamento. Com os pneus cantando, ele parou no estacionamento do McDonald's a algumas vagas da van. Jonathan Herzberg saiu do lado do motorista e estava tão ansioso para ver a filha que se esqueceu de tirar o cinto de segurança. O cinto apertou seu pescoço e ele teve que voltar a se sentar para abri-lo antes de sair novamente.

— ... até que Jill e eu ou alguém pegue você e...

— E o quê? — perguntei. — O que vai fazer comigo, Allan? Vai me prender? Por ter feito o quê? Não fiz nada de ilegal. Só porque não quero ajudar você a encontrar seus assassinozinhos e seus traficantes e seus prisioneiros que fugiram, você acha que estou fazendo alguma coisa errada? Bem, me desculpe por não querer fazer seu trabalho pra você.

A agente especial Smith colocou uma das mãos no ombro do parceiro.

— Allan — disse ela numa voz de aviso.

O agente especial Johnson ficou me olhando com raiva. Ele estava tão aborrecido que derrubou as batatas, e agora elas estavam espalhadas no chão aos pés dele. Ele já tinha esmagado uma no tapete azul debaixo do acelerador. Atrás dele, Jonathan Herzberg estava correndo para dentro da lanchonete depois de já ter visto a filha pela janela.

— Mas tem uma coisa que vocês podem fazer por mim — falei cordialmente. — Podem me contar quem deu a dica de que eu tinha saído do acampamento.

Vi os dois trocarem olhares.

— Deu a dica? — A agente especial Smith passou os dedos pelo cabelo castanho-claro, que estava cortado curto de uma maneira um pouco estilosa, mas só um pouco. — De que você está falando, Jess?

— Ah, de quê? — Revirei meus olhos. — Esperam que eu acredite que vocês dois ficaram sentados dentro dessa van do lado de fora do Camp Wawasee pelos últimos nove dias, esperando para ver quando eu ia sair? Acho que não. Primeiro, não há embalagens de comida suficientes no chão.

— Jessica, não temos vigiado você — disse a agente Smith.

— Não — falei. — Vocês pagaram outra pessoa pra fazer isso.

— Jess...

— Não se dê ao trabalho de negar. De que outra forma poderiam saber que eu estava saindo do acampamento? — Balancei a cabeça. — Quem foi, afinal? Pamela? Aquela secretária que parece John Wayne? Ah, espere, já sei. — Estalei os dedos. — Foi Karen Sue Hanky, não foi? Não, ela é chorona demais para ser espiã.

— Você está sendo ridícula — disse o agente especial Johnson.

Ridícula. Sei. Isso mesmo.

Observei pela janela de vidro o momento que Jonathan Herzberg pegou a filha e deu um abraço que quase a estrangulou. Mas ela não pareceu se importar. Deu o maior sorriso que já vi, bem maior do que quando ganhou o McLanche Feliz.

Outro reencontro feliz, promovido por mim.

E eu o estava perdendo.

Ridícula. Eram eles que andavam por aí vigiando uma garota de 16 anos. E dizem que eu estava sendo ridícula.

— Bem, foi divertido, pessoal, mas tenho que ir. Tchau.

Saí da van. Atrás de mim, ouvi o agente especial Johnson gritar meu nome.

Mas não me dei ao trabalho de virar.

Não gosto de ser chamada de mocinha tanto quanto não gosto de ser chamada de garotinha. Senti orgulho de ao menos ter conseguido me controlar e não enfiar o pé na cara do agente especial Johnson.

O Sr. Goodhart ia ficar muito feliz com o progresso que tive até aquele ponto do verão.

Capítulo 12

— E aí? — disse Rob. — Valeu a pena?

— Não sei — respondi, dando de ombros. — A mãe dela não parecia tão ruim. Ela poderia ter escapado sozinha depois de um tempo.

— É. Depois de levar vários pontos.

Não falei nada. Era Rob quem vinha de um lar desfeito, não eu. Achei que devia saber o que estava dizendo.

— Ela disse que o programa favorito dela era *Masterpiece Theatre* — informou-me Rob.

— Ah, mas isso não prova nada. Só que estava tentando nos impressionar.

— Impressionar Ginger e Nate — disse ele com a sobrancelha erguida —, da Chicago Central High? Ah, tá, porque isso é muito importante.

— Hum — falei. Apoiei os cotovelos nos joelhos. Estávamos sentados em uma mesa de piquenique, observando o lago Wawasee. A beirada dele, pelo menos. Estávamos a

3 quilômetros do acampamento. Não sei por que, mas eu não conseguia me fazer voltar para lá. Talvez fosse o fato de que, quando botasse o pé naquele lugar, seria demitida.

Por outro lado, podia ser porque, quando eu botasse o pé naquele lugar, teria que dizer adeus a Rob.

Admito: tenho uma queda pelo corpo do sujeito. Algum problema?

E era legal ficar sentada ali na sombra com ele, ouvindo o canto das cigarras e dos pássaros vindo das árvores. Parecia não haver outro ser humano em um raio de quilômetros. Acima das árvores, nuvens se aglomeravam. Em breve choveria, mas parecia que ia demorar um pouco. Além do mais, estávamos meio que protegidos pelas copas das árvores acima das nossas cabeças.

Se estivesse escuro o suficiente, aquele seria um lugar perfeito para uma pegação.

Isso se Rob não tivesse um mega preconceito contra pegar garotas de 16 anos.

Quando eu já estava contando, com tristeza, quantos meses faltavam para eu fazer 17 anos — oito e meio; Douglas poderia ter me dito exatamente quantos dias e até quantos minutos faltavam —, Rob chegou mais perto e passou o braço ao redor do meu ombro.

E, ao contrário de quando Pamela fez exatamente a mesma coisa, eu não me incomodei. Não me incomodei nem um pouco.

— Ei — disse Rob. Eu podia sentir o coração dele batendo contra a lateral do meu corpo, onde seu peito estava encostado. — Pare de se torturar. Você fez a coisa certa. Sempre faz.

Por um minuto, não consegui entender sobre o que ele estava falando. Mas aí lembrei. Ah, é. Keely Herzberg. Rob estava achando que eu estava pensando nela, quando na verdade só estava tentando pensar em um jeito de ele flertar comigo.

Concluí que o que eu estava fazendo até ali estava dando certo, se o braço sobre meus ombros fosse alguma indicação. Suspirei e tentei parecer triste... o que era difícil, porque eu estava meio que tendo outra daquelas epifanias, com a brisa do lago e os pássaros e o cheiro do sabonete de Rob e o peso gostoso do braço dele e tudo o mais.

— Acho que sim — falei, conseguindo parecer insegura até na minha própria opinião.

— Tá brincando? — Rob me deu um apertão de amigo. — Aquela mulher falou pra filha que o pai dela estava morto. *Morto!* Você acha que ela estava sendo justa?

— É mesmo — falei. Talvez se eu aparentasse estar bem triste, ele acabasse enfiando a língua na minha boca.

— E veja como Keely ficou feliz. E o Sr. Herzberg. Meu Deus, você viu como ele ficou eufórico em ter a filha de volta? Acho que, se você tivesse deixado, ele teria feito um cheque de 5 mil dólares ali, na hora.

Jonathan Herzberg tinha ficado meio ansioso para me oferecer uma recompensa pelo trabalho que tive para devolver a filha dele... uma substancial recompensa monetária que educadamente recusei, dizendo que, se precisasse realmente dar dinheiro a alguém, que doasse para o Disque-Desaparecidos.

Pois vamos encarar os fatos: não se pode receber recompensas por agir humanamente, não é?

Mesmo que isso leve à sua demissão.

— É mesmo — falei de novo, ainda parecendo triste.

Mas se eu achava que Rob ia cair na minha encenação de coitadinha, eu estava redondamente enganada.

— Pode esquecer, Mastriani — disse ele, tirando o braço dos meus ombros de repente. — Não vou beijar você.

Meu Deus! O que uma garota precisa fazer por aqui para ser beijada?

— Por que não? — perguntei.

— Já falamos sobre isso antes — disse ele, com cara de tédio.

Era verdade.

— Você *costumava* me beijar — falei para ele.

— Isso foi antes de eu saber que você era chave de cadeia.

Isso também era verdade.

Rob se reclinou para trás, apoiando nos cotovelos, e olhou para as árvores ao redor. Em um ou dois meses, todas as folhas verdes para as quais ele estava olhando ficariam vermelho-vivo e laranja. Eu estaria começando o ano letivo na Ernest Pyle High School e Rob ainda estaria trabalhando na oficina do tio, ajudando a mãe com a hipoteca da fazenda (Rob havia dito que o pai tinha ido embora quando ele ainda era criança e nunca tinha dado notícia) e mexendo na Harley que estava reconstruindo no celeiro.

Mas, se você pensasse bem, não éramos tão diferentes, Rob e eu. Nós dois gostávamos de velocidade e odiávamos mentirosos. Nossas roupas favoritas eram jeans e camiseta e nós dois tínhamos cabelo escuro e curto... o meu até bem mais curto do que o dele. Nós dois amávamos motos e não tínhamos plano algum de fazer faculdade. Pelo menos eu achava que não tinha. E sei que minhas notas não me deixavam ter muita esperança disso.

Nossas semelhanças esmagavam nossas diferenças. E daí que Rob não tinha hora para voltar para casa e eu tinha que chegar sempre até as 23h? E daí que Rob tem um oficial de condicional e eu tenho uma mãe que faz vestidos para eu usar em bailes aos quais nunca irei? As pessoas não deviam permitir que esse tipo de coisa interferisse no amor verdadeiro.

Falei isso para ele, mas não pareci impressioná-lo muito.

— Olha só. — Eu me deitei em cima da mesa de piquenique, virada para ele, apoiada em um dos cotovelos e segurando a cabeça com a mão. — Não vejo qual é o problema. Faço 17 anos em oito meses e meio. Oito meses e meio! Não é nada. Não entendo por que não podemos...

Eu estava deitada de um jeito que o rosto de Rob ficava a centímetros do meu. Quando ele se virou para me olhar, nossos narizes quase bateram um no outro.

— Sua mãe nunca falou que você tem que dar uma de difícil? — perguntou Rob.

Olhei para os lábios dele. Acho que não preciso dizer que eram muito lindos, meio grossos e com aparência de fortes.

— O que vou conseguir com *isso*?

Juro para você que ele estava a um segundo de me beijar naquele momento.

Sei que havia dito que não ia fazer isso. Mas vamos encarar, ele sempre diz que não, mas depois sempre beija — bem, quase sempre, ao menos. Tenho certeza de que é por isso que ele me evita na metade do tempo... porque sabe que, mesmo dizendo que não, sempre acaba me beijando. Quem sabe o motivo? Eu gostaria de pensar que é porque sou irresistível e porque ele está secretamente apaixonado por mim, apesar do que diz o teste da *Cosmo*.

Mas eu não estava destinada a descobrir. Ao menos não naquele momento. Porque quando ele estava se inclinando na direção da minha boca, uma sirene horrorosa começou a soar...

... e levamos um susto tão grande que nos afastamos.

Juro que achei que era um alarme avisando sobre um tornado. Rob mais tarde disse que achou que era meu pai com uma daquelas buzinas elétricas que algumas senhoras põem para tocar quando são assaltadas.

Mas não era nenhuma dessas coisas. Era um carro de polícia do condado de Wawasee. E passou voando pelo lugar onde estávamos, como uma bala de revólver...

Com outro logo atrás.

E outro.

E mais outro.

Quatro carros de polícia, seguindo a uma velocidade absurda na direção do Camp Wawasee.

Eu devia ter imaginado, é claro. Eu devia ter imaginado o que estava errado.

Mas minhas habilidades paranormais são limitadas a encontrar pessoas e não preveem o futuro. Eu só sabia que uma coisa estava muito errada no acampamento... e não eram meus poderes paranormais que me diziam isso. Só o bom senso.

— O que você fez agora? — quis saber Rob.

O que eu *fiz*? Eu não tinha certeza.

— Estou com uma sensação muito ruim em relação a isso — falei.

— Vamos. — Rob suspirou, cansado. — Vamos descobrir.

Não queriam nos deixar entrar, é claro. Rob não tinha passe de visitante e o segurança olhou para minha identidade de funcionária e disse:

— O único dia em que os monitores podem sair do acampamento é aos domingos, e só à tarde.

Olhei para ele como se ele estivesse louco.

— Sei disso. Saí escondida. Agora vai me deixar entrar de volta ou não?

Dava para perceber que o cara, que não devia ter mais que 19 ou 20 anos, tinha tentado entrar na força policial local e não conseguiu. Então optou por ser segurança, achando que lhe daria a autoridade e o respeito que sempre desejou. Ele fez um barulho com os enormes dentes da frente e, olhando para Rob e para mim, falou:

— Infelizmente, não. Tem um probleminha no acampamento, sabe, e...

Desci o protetor facial do capacete e falei para Rob:

— Vamos nessa.

Rob disse para o segurança:

— Foi bom conversar com você.

Em seguida, ele acelerou e contornamos a cancela vermelha e branca, levantando bastante poeira no processo. Que importância tinha? Eu não podia ser mais despedida do que já seria.

O segurança saiu da guarita e começou a gritar, mas não podia fazer muita coisa para nos deter. Não tinha nem uma arma.

Não que armas já tivessem conseguido nos impedir de alguma coisa, é claro.

Enquanto seguíamos pelo caminho de cascalho até o acampamento, reparei como o bosque estava calmo e parado, especialmente porque havia uma tempestade a caminho. O céu estava se enchendo cada vez mais de nuvens a cada momento. Dava para sentir a chuva no ar, fresca e doce.

É claro que só comecei a apreciar Camp Wawasee quando estava prestes a ser expulsa de lá. Era uma pena, de verdade. Nem tive a chance de flutuar no lago em uma boia de câmara de ar de pneu.

Quando paramos em frente ao centro administrativo, fiquei surpresa com o número de pessoas reunidas. Os carros de polícia estavam estacionados de qualquer jeito e não havia sinal dos policiais. Concluí que deviam estar lá dentro, conversando com o Dr. Alistair, Pamela e com a Sra. John Wayne.

Mas havia campistas e monitores de sobra, o que achei um tanto estranho. Se tivesse havido algum tipo de crise, era de se imaginar que tentariam esconder das crianças...

... foi aí que me dei conta de que não poderiam esconder das crianças, mesmo se quisessem. Eram 17h30, e as crianças e os monitores estavam indo para o refeitório jantar. A equipe da cozinha preparava a comida exatamente na mesma hora todos os dias, com ou sem crise.

Todas as crianças estavam olhando curiosamente para os carros de polícia. Quando repararam em mim e Rob, pareceram ainda mais curiosas e começaram a cochichar. Estranhamente, não vi ninguém do Chalé Bétula na multidão...

Mas havia muitas outras pessoas que eu conhecia, inclusive Ruth e Scott, que não fizeram menção nenhuma de se aproximar de mim.

Foi quando me dei conta de que ainda estava de capacete. É claro que ninguém ia dizer oi. Ninguém me reconheceu. Assim que tirei aquele negócio pesado da cabeça, Ruth veio até mim, e quando Rob tirou o dele também, ela disse com sarcasmo:

— Estou vendo que você conseguiu a carona que queria.

Lancei-lhe um olhar ameaçador. Ruth sabe ser muito esnobe quando quer.

— Ruth — falei. — Acho que nunca apresentei você formalmente ao meu amigo Rob. Ruth Abramowitz, este é Rob Wilkins. Rob, Ruth.

Rob assentiu brevemente para Ruth.

— Como vai? — disse ele.

Ruth sorriu para ele. Não muito empenhada.

— Estou muito bem, obrigada — disse ela, formal. — E você?

Rob respondeu com as sobrancelhas erguidas:

— Estou bem.

— Ruth. — Uma das residentes do Chalé Tulipa puxou a camiseta de Ruth. — Estou *com fome*. Podemos entrar agora?

Ruth se virou e falou para suas campistas:

— Entrem e guardem meu lugar. Vou em um minuto.

As meninas entraram, lançando vários olhares não só para mim e para Rob, mas para os carros de polícia.

— O que a *polícia* está fazendo aqui? — perguntaram em voz alta várias delas, para ninguém em particular.

— Boa pergunta — falei para Ruth. — O que a polícia *está* fazendo aqui?

— Não sei. — Ruth ainda olhava para Rob. Ela já o tinha visto antes, claro, quando ele e eu cumpríamos detenção juntos. Ruth costumava ir me buscar, para que meus pais não descobrissem sobre meus registros disciplinares um tanto manchados.

Mas acho que aquela era a primeira vez que ela o via de perto, e pude perceber que estava memorizando os detalhes para uma análise posterior. Ruth é assim.

— Como assim, não sabe? — perguntei. — Este lugar está lotado de policiais e você não sabe o motivo?

Ruth por fim afastou o olhar de Rob e o dirigiu a mim.

— Não. Não sei. Só sei que estávamos no lago tendo uma tarde livre para nadar quando o salva-vidas tocou o apito e nos fez voltar.

— Achávamos que tinha sido por causa da tempestade — disse Scott, indicando o céu que ainda escurecia acima de nós.

Foi naquele momento que Karen Sue Hanky caminhou até nós. Pude perceber pela expressão no rosto de ratazana que ela tinha uma coisa importante para nos contar... e pelo brilho nada natural nos olhos azul-claros, eu soube que ia ser uma coisa da qual eu não ia gostar.

— Ah — disse ela, fingindo que tinha acabado de reparar em mim. — Vejo que decidiu se juntar a nós de novo. — Ela olhou com interesse para Rob. — E trouxe um amigo junto, pelo que estou vendo.

Embora Karen Sue tivesse estudado na mesma escola que Rob, ela não o reconheceu. Garotas como Karen Sue simplesmente não reparavam em caras como Rob. Acho que ela pensou que ele era um cara da região que eu tinha conhecido na estrada e trazido para o acampamento para um pouco de pegação nas horas vagas.

— Karen Sue, é melhor você ir logo pro refeitório. Ouvi que o suco de clorofila está acabando.

Ela apenas sorriu para mim, o que não era um sinal muito bom.

— Como você é engraçada — disse Karen Sue. — Mas imagino que ache muito divertido tudo o que está acontecendo. Isso tudo por você ter mandado aquele garotinho bater naquele outro garotinho. — Karen Sue lançou algumas mechas de cabelo por cima do ombro e suspirou. — Bem, acho que isso só prova que a violência não compensa.

Acima de nós, as nuvens tinham ficado tão densas que o sol foi quase completamente bloqueado. Dentro do refeitório, as luzes tinham sido ligadas, embora isso normalmente só acontecesse às 19h ou 20h, quando a equipe de limpeza estava trabalhando. Ao longe, soou um trovão. O cheiro de ozônio estava denso no ar.

Dei alguns passos até o ponto de o nariz empinado de Karen Sue estar a dois centímetros do meu, e ela deu um passo para trás, tropeçou em uma raiz e quase caiu de cara no chão.

Quando se endireitou, perguntei a ela de que diabos ela estava falando.

Só que não falei diabos.

Karen Sue começou a falar muito rápido e com uma voz mais estridente do que o habitual.

— Bem, eu entrei no prédio administrativo por um segundo porque tinha que ver se o fax da médica de Amber tinha chegado, o que falava que as infecções crônicas de ouvido a impediam de participar da natação, e por acaso ouvi a polícia falando com o Dr. Alistair sobre o fato de um dos garotos do Chalé Bétula ter ido até o lago mas ninguém o ter visto sair...

Estiquei o braço e segurei a camiseta de Karen Sue, porque ela estava aos poucos se afastando cada vez mais de mim.

— Quem? — perguntei. Embora ainda estivesse fazendo uns 24°C apesar da iminente tempestade, minha pele estava toda arrepiada. — Quem entrou no lago e não saiu?

— Aquele com quem você estava sempre gritando — disse Karen Sue, balançando a cabeça. — Shane. Jessica, enquanto você estava fora, Shane *se afogou*.

Capítulo 13

Outro trovão soou, mais perto dessa vez. Agora os pelos dos meus braços estavam arrepiados, não pelo frio, mas por causa de tanta eletricidade no ar.

Segurei a camiseta de Karen Sue com minha outra mão também e a arrastei para perto de mim.

— O que você quer dizer com *se afogou*?

— Exatamente o que eu disse. — A voz de Karen Sue estava mais estridente do que nunca. — Jess, ele entrou no lago e não saiu mais...

— Besteira — falei. — Isso é besteira, Karen. Shane nada muito bem.

— Bom, quando tocaram o apito para todo mundo sair — disse Karen Sue, começando a parecer um pouco histérica —, Shane não saiu da água.

— Isso quer dizer que ele não entrou na água — sibilei por entre os dentes cerrados.

— Talvez — disse Karen Sue. — E talvez se você estivesse aqui fazendo seu trabalho e não tivesse saído com seu namorado — ela olhou para Rob com desprezo —, você soubesse.

Tudo, as árvores, o céu cheio de nuvens, o caminho, tudo pareceu rodar. Foi como a cena de *O Mágico de Oz* na qual Dorothy acorda no meio do tornado. Só que eu era a única coisa ainda de pé.

— Não acredito em você — falei de novo. Sacudi Karen Sue com força o suficiente para fazer com que a faixa de cabelo rosa que ela usava saísse voando. — Você está mentindo. Eu devia arrebentar sua cara, sua...

— Chega. — De repente, o mundo parou de rodar e Rob estava lá, soltando meus dedos da camiseta de Karen Sue. — Pronto, Mastriani, já chega.

— Você está mentindo — falei para Karen Sue. — Você é uma mentirosa e todo mundo sabe disso.

Karen Sue, pálida e trêmula, se inclinou, pegou a faixa de cabelo e a colocou no lugar, desajeitada. Havia algumas folhas secas presas nela, mas ela pareceu não reparar.

Eu queria muito pular em cima dela, derrubá-la no chão e esfregar aquela cara de rato dela na terra. Só que eu não conseguia, porque Rob estava me segurando pela cintura e não me soltava de jeito nenhum, independentemente do quanto eu tentava me libertar. Se o Sr. Goodhart estivesse ali, teria ficado muito decepcionado comigo. Eu parecia ter esquecido tudo o que ele tinha me ensinado sobre controle da raiva.

— Sabe de uma coisa, Karen Sue? — gritei. — Você não toca nada de flauta! Nem iam aceitar você aqui depois de ter tirado cinco no teste de desempenho que valia dez, só que Andrew Shippinger pegou mononucleose e eles ficaram *desesperados*...

— Pronto — disse Rob, me levantando do chão. — Já chega disso.

— Aquele era pra ser o *meu* chalé — gritei para ela por cima do ombro de Rob. — As Frangipanas eram para ser *minhas*!

Rob tinha me virado, de forma que eu fiquei de frente para Ruth. Ela lançou um olhar para mim e falou:

— Jess, se acalme.

Falei furiosamente:

— Ele *não* está morto. *Não* está.

Ruth piscou, depois olhou de mim para Scott e então para mim de novo. Olhei para eles também e me dei conta, pelo modo como estavam me encarando, de que alguma coisa estranha estava acontecendo com meu rosto. Levantei o braço para tocá-lo e senti a umidade.

Que ótimo. Eu estava chorando. Eu estava chorando e nem tinha percebido.

— Ela está mentindo — falei uma última vez, mas não muito alto.

Rob devia ter decidido que a vontade de brigar tinha me abandonado, pois me colocou no chão (embora mantivesse uma das mãos grudadas à minha nuca) e disse:

— Tem um jeito de descobrir, não é?

Ele indicou com a cabeça o prédio administrativo. Limpei meu rosto com as costas das mãos e disse:

— Tá bom.

Ruth insistiu em ir comigo e com Rob, e Scott, para minha surpresa, insistiu em ir com ela. Minha mente entorpecida registrou que alguma coisa estava acontecendo ali, mas eu estava preocupada demais com Shane para entender naquele momento. Eu pensaria no assunto depois. Quando entrei no prédio, a secretária parecida com John Wayne se levantou e disse:

— Pessoal, eles ainda não sabem de nada. Sei que estão preocupados, mas se pudessem ficar lá fora com seus campistas...

— Shane *é* meu campista — falei.

As sobrancelhas grossas da mulher se ergueram. Ela ficou me olhando, aparentemente sem saber como responder.

Eu a ajudei.

— Onde eles estão? — perguntei, passando por ela e descendo o corredor. — Na sala do Dr. Alistair?

A secretária saiu meio desajeitada de trás da mesa e falou:

— Ah, espere. Você não pode ir até lá...

Mas era tarde demais. Eu já tinha dobrado a esquina e chegado à porta onde estava escrito "Diretor do Acampamento". Então a abri. Atrás de uma escrivaninha enorme estava sentado o Dr. Alistair, de cabelo branco e rosto vermelho. Ao redor, em várias cadeiras e sofás, estavam Pamela, dois policiais estaduais, um assistente de xerife e o próprio xerife do condado de Wawasee.

— Jess. — Pamela deu um salto e ficou de pé. — Aí está você. Ah, graças a Deus. Não conseguíamos encontrar você em lugar algum. E o Dr. Alistair disse que você não compareceu a uma reunião com ele hoje à tarde...

Olhei para Pamela. O que ela estava fazendo? Ela, mais do que ninguém, devia saber onde eu estava. Será que Jonathan Herzberg não tinha ligado e contado que eu tinha devolvido a filha para ele?

Mas achei que não era o momento apropriado para falar sobre isso. Respondi:

— Fiquei impedida de comparecer. Será que alguém pode fazer o favor de me contar o que está acontecendo?

O Dr. Alistair se levantou. Ele não parecia mais um maestro mundialmente famoso, nem mesmo um diretor de acampamento. Na verdade, parecia um velho frágil, apesar de não ter mais de 60 anos.

— O que está acontecendo? — repetiu ele. — O que está acontecendo? Você quer dizer que não sabe? Você não é a famosa paranormal? Como pode não saber, com seus poderes mágicos especiais? Hein, Srta. Mastriani?

Olhei do Dr. Alistair para Pamela e depois para ele de novo. Ela tinha contado a ele? Concluí que sim.

Mas o olhar atônito no rosto dela denunciou que não tinha feito isso.

— Vou lhe contar o que está acontecendo, mocinha — disse o Dr. Alistair —, já que seus poderes paranormais aparentam estar falhando no momento. Um dos nossos campistas está desaparecido. Não um campista qualquer, mas um dos meninos postos aos *seus* cuidados. Aparentemente, ele se afogou. Pela primeira vez em nossos cinquenta anos, temos uma morte no acampamento.

Eu me encolhi como se ele tivesse batido em mim. Não por causa do que ele havia dito, embora tenha sido bastante ruim. Não, foi por causa do que ele não falou, do tom que insinuava.

Que era tudo minha culpa.

— Mas estou surpreso por você já não saber disso. — O tom do Dr. Alistair era de deboche. — Garota Relâmpago.

— Chega, Hal — disse o xerife com voz rouca. — Por que não nos acalmamos? Não temos certeza de nada disso. Ainda não temos um corpo.

— Na última vez que o viram vivo, ele estava a caminho do lago com o resto do grupo do chalé. Não está em lugar algum do acampamento. O garoto está morto, estou dizendo. E a culpa é toda nossa! Se a *monitora* dele estivesse aqui de olho nele, isso não teria acontecido.

Minha garganta estava seca. Tentei engolir, mas não consegui. Do lado de fora, relâmpagos brilharam, seguidos quase imediatamente de um longo rugido de trovão.

Naquele momento, o céu despencou. A chuva bateu na janela atrás da escrivaninha do Dr. Alistair. Um dos policiais estaduais, ao olhar para o temporal, falou numa voz irritada:

— Vai ser difícil dragar o lago agora.

Dragar o lago? *Dragar o lago?*

— Não tinha salva-vidas lá?

Rob. Rob estava tentando ajudar. Rob estava tentando tirar um pouco da culpa de mim. Muito fofo da parte dele, é claro, mas um esforço em vão. Era minha culpa.

Se eu estivesse lá, Shane não teria se afogado. Eu não teria deixado.

— Me parece que, se o garoto estava nadando, devia ter um salva-vidas — disse Rob com bom-senso. — O salva-vidas não teria reparado se alguém se afogasse enquanto ele estava de plantão?

O Dr. Alistair olhou para ele através dos óculos bifocais.

— Quem é você? — perguntou ele. Depois viu Ruth e Scott na soleira da porta. — O que é isso? Quem são vocês? Esta é minha sala particular. Saiam.

Ninguém se mexeu, embora Ruth parecesse realmente querer correr para bem longe. Para algum lugar onde não houvesse policiais nem diretores de acampamento irritados. Foi como na vez em que o irmão dela, Skip, foi picado pela abelha, só que em vez de alguém ter choque anafilático, alguém — especificamente, eu — estava sofrendo uma morte mais lenta... causada pela culpa.

— E então... — disse Rob. — Não tinha salva-vidas?

O xerife disse:

— Tinha. Ele não reparou em nada de anormal.

— O motivo disso — falei, mais para mim mesma do que para qualquer outra pessoa — é que Shane não entrou na água. — Não era algo de que eu tivesse certeza. Era só uma coisa da qual eu suspeitava.

Mas isso não impediu que o Dr. Alistair olhasse para mim por trás dos óculos de armação de metal e dissesse:

— E suponho que, como você não estava lá, possa afirmar isso usando seus poderes especiais?

Naquele momento, Rob deu um passo em direção à escrivaninha do Dr. Alistair. O xerife esticou a mão e disse:

— Calma, filho. — Depois, para o Dr. Alistair: — Sobre o que você está falando, Hal?

— Ah, você não a reconheceu? — O Dr. Alistar estava com uma expressão afetada. Eu me perguntei se perder um campista talvez o tivesse feito pirar de vez. Ele nunca tinha sido uma pessoa muito estável mesmo, se o comportamento errático dele durante o ensaio geral pudesse ser indicativo de alguma coisa. O Dr. Alistair costumava ficar tão enfurecido com a seção de metais que jogava a batuta neles, errando o alvo só porque os músicos aprenderam a se abaixar.

— Jessica Mastriani — prosseguiu ele. — A garota com poderes paranormais de encontrar pessoas desaparecidas. É claro que é um pouco tarde para a ajuda dela agora, não é? Considerando que o garoto já está morto.

— Ah, Hal. — Pamela ficou de pé. — Não temos certeza disso. Ele pode apenas ter fugido. — Ela olhou para mim. — Não houve algum tipo de aborrecimento hoje de manhã?

Assenti, relembrando o incidente do carrapato e o fato de que me recusei a dar um strike a Lionel por ter dado um soco em Shane.

Porém, mais do que isso, me lembrei do olhar de Shane quando menti para ele sobre a foto de Taylor Monroe. Ele não acreditou em mim. Não acreditou em uma palavra do que falei.

Seria esse o jeito dele de se vingar de mim por mentir para ele?

Se ao menos eu pudesse ir dormir agora, pensei. Se eu fosse dormir agora, conseguiria saber exatamente onde Shane estava. Talvez, se eu conseguisse irritar muito o Dr. Alistair, ele me desse uma paulada com sua batuta do jeito que sempre estava tentando fazer com os músicos da seção de metais. Será que eu conseguia encontrar crianças desaparecidas quando estava inconsciente? Será que era o mesmo que dormir?

Provavelmente não. E eu duvidava que o xerife fosse deixar o Dr. Alistair me bater, de qualquer forma. Rob certamente não deixaria. Eu me perguntei se agir de forma protetora estava na lista de "10 maneiras de saber se ele considera você mais do que apenas uma amiga".

Como se importasse a esse ponto. Agora que parecia que eu talvez tivesse matado um garoto. Ao menos de forma indireta.

— E os outros garotos do Chalé Bétula? — perguntei. — Alguém falou com eles? Perguntou se viram Shane? — Dave? Onde estava Dave? Ele tinha prometido cuidar deles...

— Alguns policiais os estão entrevistando agora — disse o xerife. — No chalé. Mas até agora... nada.

— A última vez que foi visto, foi a caminho do lago com os outros — insistiu teimosamente o Dr. Alistair.

— Isso não significa que se afogou — observou Rob.

O Dr. Alistair olhou para ele.

— Quem é você? Não é um dos monitores. — Ele olhou para Pamela. — Ele não é um dos monitores, é, Pamela?

Pamela ergueu uma das mãos e a passou pelo cabelo louro e curto.

— Não, Hal — disse ela com cansaço. — Não é.

— Ele é meu amigo — falei. Não disse que Rob era meu namorado porque, bem, não era. Além do mais, achei que as coisas podiam parecer ainda piores do que já estavam se eu tivesse passado horas desaparecida e voltasse com um cara qualquer depois. — E já estávamos indo embora.

Porém, meus esforços para encobrir a verdade sobre meus sentimentos por Rob não serviram de nada quando o Dr. Alistair falou, com maldade:

— Indo embora? Ah, mas que coisa especial. Você parece ter talento, Srta. Mastriani, para estar ausente quando mais precisamos de você.

Meu queixo caiu. O que *era* isso? Se ele ia me demitir, por que não acabava logo com isso? Eu tinha que ir dormir logo se queríamos encontrar Shane.

— E aqueles seus poderes especiais? — prosseguiu o Dr. Alistair. — Você não sente obrigação alguma de nos ajudar a encontrar o garoto?

Eu ainda não tinha entendido o que estava acontecendo. Achei que o Dr. Alistair devia estar maluco, ou algo assim.

Acho que Rob deve ter sentido a mesma coisa, porque esticou o braço e segurou um dos meus, logo acima do cotovelo, como se preparado para me puxar caso o Dr. Alistair pegasse a batuta e começasse a me bater.

Falei:

— Não tenho mais nenhum poder especial, Dr. Alistair.

— Ah? — As sobrancelhas grossas e brancas do Dr. Alistair se ergueram. — É mesmo? *Então onde você estava durante toda a tarde?*

Senti meu estômago despencar, como se eu estivesse em um elevador. Só que, obviamente, eu não estava. Como ele sabia? *Como ele sabia?*

— Bem — disse Rob, me guiando em direção à porta. Acho que eu estava tão estupefata que nem me mexi. — Estamos indo agora.

— Você não pode ir a lugar algum! — O Dr. Alistair bateu na escrivaninha com o punho. — Você é funcionária do Acampamento do Lago Wawasee para Crianças com Talentos Musicais, e você...

Uma coisa penetrou a névoa de confusão que a pergunta dele sobre meu paradeiro durante a tarde tinha provocado em mim. E essa coisa foi o fato de que ele ainda estava falando comigo como se eu trabalhasse para ele.

— Não mais — falei, interrompendo-o. — Quero dizer, estou despedida, não estou?

O Dr. Alistair pareceu alarmado.

— Despedida?

Ao mesmo tempo, Pamela disse:

— Oh, Jess, é claro que não. Nada disso é sua culpa.

Eu não estava despedida? *Não estava despedida?* Como eu podia não estar despedida? Eu tinha sumido por horas, sem oferecer explicação alguma de onde estive

E, enquanto estava fora, um dos garotos sob minha responsabilidade desaparecera. E eu *não estava despedida?*

A sensação desconfortável que estava tomando conta de mim desde que botara o pé no escritório do Dr. Alistair ficou mais forte do que nunca. E de repente eu soube o que tinha que fazer.

— Se não estou despedida, então peço demissão — falei. — Vamos, Rob.

Pamela pareceu chocada.

— Ah, Jess. Você não pode...

— Você não pode pedir demissão — gritou o Dr. Alistair. — Você assinou um contrato!

Ele disse várias outras coisas, mas não esperei para ouvi-las. Fui embora. Simplesmente saí de lá.

Rob e os outros me seguiram até a área de espera. A secretária meio John Wayne estava lá, falando ao telefone. Ela baixou a voz quando nos viu, mas não desligou.

— Está louca, Jess? — perguntou Ruth. — Pedir demissão quando nem precisava? Não iam te demitir.

— Eu sei. Foi por isso que tive que pedir demissão. Quem iria querer ficar com uma funcionária como eu? Eu respondo: alguém com motivos velados.

— Não estou entendendo nada. — Scott, que estava falando pela primeira vez, parecia preocupado. — E provavelmente não é da minha conta. Mas me parece que, se você tem mesmo poderes paranormais e tudo mais, e as pessoas querem que você os use, não devia fazer isso? Poderia ganhar muito dinheiro.

Rob e eu ficamos olhando para ele sem acreditar. O olhar de Ruth era mais de pena.

— Ah, coitadinho — disse ela.

Naquele momento, as portas duplas de vidro da entrada do prédio administrativo se abriram. Todos nos afastamos quando duas pessoas, segurando guarda-chuvas encharcados, entraram na sala de espera dos escritórios.

Só os reconheci depois que fecharam os guarda-chuvas. E então, gemi.

— Ah, Deus. Não vocês, de novo.

Capítulo 14

— Jess. — A agente especial Smith sacudiu a água que havia em seu cabelo. — Precisamos conversar.

Eu não conseguia acreditar. Não mesmo. Uma coisa é ter o FBI atrás de você aonde quer que você vá.

Mas outra é quando as pessoas que deveriam ser vigias anônimos se aproximam e começam a falar com você. Isso simplesmente não se faz. Todo mundo sabe *disso*. O quão mais alguém pode sujar sua imagem?

— Olha só — falei, erguendo a mão direita. — Realmente não tenho tempo pra isso agora. Estou tendo uma crise pessoal e...

— Vai ficar pessoal mesmo — disse o agente Johnson, com os lábios ainda mais finos do que o habitual, reparei — se Clay Larsson botar as mãos em você.

— Clay Larsson? — Tentei pensar em sobre quem ele estava falando. De repente, lembrei. — Você está falando do novo pai de Keely?

— Isso mesmo. — O agente especial Johnson lançou um olhar para Rob. — O namorado da mãe da prima dele.

Rob fez uma careta e falou:

— Minha o quê?

Eu não o culpei por isso. Também estava confusa.

— Depois que você saiu de lá hoje à tarde — explicou o agente especial Johnson —, o Sr. Larsson supôs corretamente que a pessoa que sequestrou a filha da namorada tinha sido contratada pelo pai da criança. Portanto, fez uma visitinha ao seu amigo, o Sr. Herzberg, que voltou ao escritório depois do encontro com você no McDonald's.

— Ah. — Deus, como sou idiota às vezes. — Mas ele está bem, certo?

— Está com o maxilar quebrado. — O agente especial Johnson olhou o bloquinho de papel que sempre carregava consigo. — E três costelas quebradas, uma concussão, um joelho deslocado e uma contusão no osso do quadril.

— Ah, meu Deus. — Eu estava chocada. — Keely...

— Keely está bem. — A voz da agente especial Smith era tranquilizadora. — Nós a colocamos em um lugar protegido, onde vai ficar enquanto o Sr. Larsson continuar livre.

Ergui as sobrancelhas.

— Vocês não o pegaram?

— Poderíamos ter pegado — observou o agente especial Johnson com um tom bastante rude, na minha opinião — se certas pessoas tivessem sido mais claras sobre suas atividades de hoje cedo.

— Opa! — falei. — Você *não* vai botar a culpa disso em mim. Não tem nada a ver comigo. Sou apenas uma espectadora inocente nesse caso...

— Jess. — O agente especial Johnson olhou para mim com as sobrancelhas franzidas. — Nós sabemos. Jonathan Herzberg nos contou tudo.

Meu queixo caiu. Eu não conseguia acreditar. Aquele traidor! Maldito traidor!

Foi Rob quem fez a pergunta, um tanto desconfiado:

— Ele contou tudo pra vocês, é? Com o maxilar quebrado?

O agente especial Johnson voltou algumas páginas do bloco, e nos mostrou. Ali, numa letra trêmula que eu não conhecia — certamente não era a caligrafia precisa de Allan Johnson —, estava a versão de Jonathan Herzberg da história que levou à agressão que sofreu do namorado da ex-esposa. Meu nome aparecia com frequência.

O parasita. O parasita tinha me delatado. Eu não conseguia acreditar. Depois de tudo que fiz por ele...

— Jess. — A agente especial Smith, em seu terno azul-claro, parecia mais uma agente imobiliária do que agente do FBI. Acho que esse era o objetivo. — Clay Larsson não é um indivíduo muito estável. Tem uma ficha na prisão de um quilômetro e meio. Ataque e agressão, resistência à prisão, agressão a um policial... É uma pessoa muito perigosa e volátil, e pelo que o Sr. Herzberg nos falou, temos motivos para acreditar que, nesse momento, ele tem uma raiva em particular de... bem, de você, Jess.

Levando em consideração o chute que dei no rosto dele, eu conseguia acreditar perfeitamente naquilo. Mesmo assim, Clay Larsson nem fazia ideia de quem eu era, muito menos de onde eu morava.

— Bem, esse é o problema — disse a agente especial Smith quando verbalizei esses pensamentos. — Ele sabe *sim*, Jess. Ele... Bem, ele praticamente torturou o pai de Keely até ele contar.

Rob disse:

— Tudo bem. Já chega. Vamos pegar suas coisas, Mastriani. Vamos embora daqui.

Levei mais tempo do que Rob para digerir o que eu tinha acabado de ouvir. Clay Larsson, que obviamente tinha problemas com controle da raiva maiores do que eu, sabia quem eu era e onde eu morava, e estava indo atrás de mim para se vingar por (a) chutá-lo no rosto e (b) sequestrar a filha da namorada dele, que, por outro lado, a tinha sequestrado do ex-marido.

Como eu conseguia ter tanta sorte? De verdade. Eu queria saber. Você alguma vez conheceu alguém com mais azar do que eu?

— Que ótimo. Mas que ótimo. E suponho que vocês dois estejam aqui para me proteger?

O agente especial Johnson guardou o bloco e, ao fazer isso, vi que sua arma estava no suporte de ombro, pronta para uso.

— É uma forma de dizer — disse ele. — É de interesse nacional mantê-la viva, Jess, apesar de suas afirmações de que não possui mais o, hum, talento que originalmente chamou a atenção de nossos superiores. Vamos ficar por aqui para ter certeza de que, caso o Sr. Larsson entre no perímetro do Camp Wawasee, você esteja protegida.

— A melhor forma de proteger Jess seria tirando-a daqui — disse Rob.

— Precisamente — disse o agente Johnson. Ele olhou Rob de cima a baixo, como se o estivesse vendo pela primeira vez, o que acho que era o caso, ao menos de perto. Os dois eram mais ou menos do mesmo tamanho, o que pareceu surpreender um pouco o agente Johnson. Para alguém que estava acostumado a ser discreto, o agente era bem alto.

— Estamos planejando levá-la para um esconderijo até que o Sr. Larsson seja capturado — disse ele para Rob.

— Acho que não — disse Rob, ao mesmo tempo que Ruth, atrás dele, falou:

— Ah, não. De novo, não.

— Com licença — falei para o agente especial Johnson. — Mas vocês não se lembram da última vez que me levaram para um lugar onde eu supostamente estaria em segurança?

Os agentes especiais Johnson e Smith trocaram olhares. A agente Smith disse:

— Jess, dessa vez eu te prometo...

— De jeito nenhum. Não vou a lugar algum com vocês dois. Além do mais — olhei pelas portas duplas de vidro para a chuva que ainda despencava —, tenho negócios não concluídos aqui.

— Jess — começou a falar a agente especial Smith.

— Não, Jill — falei. Não me pergunte quando minha relação com os agentes especiais Johnson e Smith passou para uma que usa o primeiro nome. Acho que foi por volta da hora em que comprei para eles seus primeiros cheesebúrgueres duplos. — Não vou a lugar algum. Tenho coisas a fazer aqui. Responsabilidades.

— Jessica — disse a agente especial Smith. — Agora não é a hora de...

— Estou falando sério. Tenho que ir.

E fui. Saí andando dali, direto para a chuva. Ela ainda estava caindo, não com tanta força quanto antes, talvez, mas ainda estava forte. Demorou apenas alguns segundos para minha camiseta e minha calça jeans ficarem ensopadas.

Eu não me importava. Não mentira para eles. Eu tinha coisas a fazer. Encontrar Shane, onde quer que ele estivesse, era o primeiro e mais importante item da lista. Será que ele estava por aí na tempestade?, pensei enquanto andava com a cabeça abaixada em direção ao Chalé Bétula. Será que tinha encontrado abrigo em algum lugar? Será que estava seco? Será que estava aquecido? Eu me importava com essas coisas? Por mais que eu tivesse tido vontade de torcer aquele pescoço idiota várias vezes (e eu pensava nisso com certa seriedade várias vezes por dia), eu me importava mesmo com o que acontecia a ele?

Sim, eu me importava. E não só porque o Cabeça de Mullet era capaz de produzir uma música linda. Mas porque, bem, eu meio que gostava dele. Surpreendente, porém verdade. Eu gostava do esquisitinho irritante.

Mais um trovão soou no céu, embora mais longe do que antes. Logo Rob chegou correndo atrás de mim.

— Mas que saída dramática — disse ele. A camiseta e o jeans dele também estavam ficando rapidamente ensopados, eu reparei.

— Minha especialidade.

— Você está indo na direção errada.

Parei e olhei ao redor, esquecendo por um momento que Rob nunca tinha estado no Camp Wawasee e não teria como saber qual era o caminho certo para o Chalé Bétula.

— Não estou, não.

— Está, sim. — Ele apontou para trás com o dedão. — A moto está pra lá.

Entendi o que ele quis dizer e balancei a cabeça.

— Rob, não posso ir embora.

— Jess.

Rob quase nunca me chama pelo primeiro nome. Ele costuma se referir a mim do modo como costumava fazer na detenção, onde éramos basicamente casos disciplinares com necessidade de serem consertados e classificados, sempre pelo sobrenome.

Então, quando me chama pelo meu primeiro nome, normalmente quer dizer que está falando muito sério. Nesse caso, ele parecia estar falando da minha segurança pessoal.

Infelizmente, eu não tinha outra escolha além de decepcioná-lo.

— Não — falei. — Não, Rob. Eu não vou.

Ele não falou nada na hora. Apertei os olhos para olhar para ele, pois a chuva dificultava o processo. Ele estava olhando para mim, com os olhos azul-claros cheios de uma coisa que não consegui identificar. Não era amor, com certeza.

— Jess — falou ele com uma voz baixa e firme. — Você sabe que acho você uma garota muito legal. Sabe disso, não sabe?

Pisquei. Não era fácil olhar para cima, para ele, com aquela chuva caindo nos meus olhos. Além disso, estava bem escuro. O único modo de eu conseguir vê-lo era sob a luz de um dos postes do caminho, e ela era bem fraca.

Mas ele estava claramente com uma expressão séria.

Assenti.

— Tá. Vamos considerar que isso é um consenso, se você prefere.

— Que bom — disse ele. A chuva fez o cabelo escuro grudar no rosto e na cabeça dele, mas ele não pareceu notar. — Assim, talvez quando eu disser a próxima parte, você vai entender o que quero dizer. Não dirigi até aqui pra ver um maluco esmagar sua cabeça, tá? Agora coloca essa bunda — ele apontou para a bunda em questão — na minha moto, ou juro por Deus que vou eu mesmo colocar ela lá.

Então eu entendi o que havia nos olhos dele. E não era amor. Ah, não mesmo.

Era raiva.

Limpei a água da chuva dos meus olhos.

E falei a única coisa que eu podia.

— Não.

Ele deu aquele sorriso meio de desprezo e meio divertido que parece ostentar durante cinquenta por cento do tempo que passa comigo, depois olhou ao longe por um segundo... embora eu não tivesse ideia do que ele estivesse vendo lá. Eu só conseguia ver a chuva.

— Tenho que encontrar Shane — gritei acima do rugido de um trovão.

— Ah, é? — Ele olhou para mim, ainda sorrindo. — Estou cagando pro Shane.

A raiva borbulhou, quente e escura, dentro de mim. Conte até dez, falei para mim mesma. O Sr. Goodhart tinha sugerido havia muito tempo que eu contasse até dez quando tivesse vontade de dar porrada em alguém. Às vezes até funcionava.

— Bem, eu me importo. E não saio daqui até saber que ele está em segurança.

Ele parou de sorrir.

Eu devia ter adivinhado o que viria a seguir. Rob não é o tipo de cara que sai por aí dizendo as coisas só para ouvir a própria voz.

Ainda assim, ele nunca tinha tomado uma atitude física contra mim antes. Não do jeito que fez naquela hora.

Eu gosto de pensar que, se tivesse sido realmente necessário, eu teria conseguido escapar. Acho mesmo que teria. Tá, é verdade que ele estava me segurando de cabeça para baixo, uma posição que deixa a gente desorientada. Além disso, meus braços estavam presos, o que obviamente coloca uma garota em desvantagem.

Mas estou completamente convencida de que, com algumas cabeçadas estratégicas (se eu tivesse conseguido colocar a minha cabeça perto da dele, o que tenho certeza de que poderia ter feito se eu tivesse tido mais tempo), eu poderia ter escapado.

Infelizmente, nosso doce interlúdio no bosque foi interrompido antes de eu conseguir chegar a algum tipo de clímax de cabeçadas.

— Filho. — A voz do agente especial Johnson soou no meio da chuva e do nevoeiro. — Coloque a garota no chão.

Rob já estava seguindo com firmeza em direção à moto. Ele nem diminuiu o ritmo.

— Não — foi tudo que ele disse.

O agente especial Johnson saiu do meio das árvores. Mesmo estando de cabeça para baixo, pude ver que tinha sacado a arma — coisa que me surpreendeu, devo dizer.

Pareceu ter surpreendido Rob também, pois ele parou e ficou ali por um ou dois segundos. Agora que eu estava de cabeça para baixo, comecei a perceber que minha suposição anterior de que eu estava encharcada tinha sido errada. Eu não estava encharcada. Não havia água da chuva na minha barriga, por exemplo.

Mas agora que eu estava de cabeça para baixo, certamente tinha.

E posso acrescentar que essa não era uma sensação muito agradável?

— Você não vai atirar em mim — disse Rob para o agente especial Johnson. — E se acertar nela?

— Seria uma infelicidade — disse o agente especial Johnson. — Mas como ela tem sido um aborrecimento constante desde o dia em que nos conhecemos, eu não ficaria muito chateado.

— Allan! — Eu estava chocada. — O que a Sra. Johnson diria se pudesse ouvir você agora?

— Coloque-a no chão, filho.

Rob me virou e me colocou de pé. Enquanto isso, o agente especial Johnson se aproximou e pegou um dos meus braços. Ele permaneceu com a arma na mão, para minha surpresa. Mas a estava apontando para o ar.

— Agora suba na sua moto, Sr. Wilkins, e vá para casa — disse ele para Rob.

— Ei. — Agora que parte do sangue estava descendo da minha cabeça, eu conseguia pensar direito. — Como sabe o sobrenome dele? Eu não contei isso.

O agente especial Johnson pareceu entediado.

— A placa da moto.

— Ah — falei.

Olhei para Rob, parado na chuva, com a camiseta grudada no corpo. Dava para ver o abdômen dele pelo tecido encharcado. Naquele momento, me veio à cabeça que isso também parecia a cena de um clipe. Você sabe, o cara lindo parado na chuva depois que a namorada dá um fora nele?

Só que eu não estava dando fora nenhum nele. Apenas tentava encontrar um garoto. Só isso.

Mas ninguém estava deixando.

Então outra coisa me veio à cabeça: se a camiseta de Rob estava molhada daquele jeito, como estaria a minha?

Olhei para baixo e imediatamente cruzei os braços por cima do peito.

Era melhor assim, pensei. Não estou falando de nossas camisetas molhadas, mas sim do fato de que o estavam obrigando a ir embora. Porque eu sabia que seria bem mais fácil escapar dos Super Gêmeos do que de Rob. Eu não me importava de dar cabeçadas em agentes do FBI. Mas quando pensei no assunto, achei que machucar Rob teria sido difícil.

— Eu te ligo — falei para Rob por cima do ombro quando o agente especial Johnson começou a me puxar em direção ao centro do acampamento.

— Me faça um favor, Mastriani — disse Rob.

— Claro — falei. Era difícil andar de costas na chuva, mas o agente especial Johnson estava me puxando com tanta força que eu não tinha muita escolha. — O quê?

— Não ligue.

E então Rob se virou e começou a ir embora. Não levou muito tempo até a chuva e a neblina o engolirem. Um minuto depois, ouvi o motor da Indian ser ligado.

E assim ele foi embora.

Olhei para o agente especial Johnson, que, ao contrário de Rob, não estava sexy encharcado de chuva.

— Espero que esteja feliz agora — falei para ele. — Aquele cara podia ter sido meu namorado um dia se você não tivesse aparecido e estragado tudo.

O agente especial Johnson estava ocupado digitando alguns números no celular. Ele falou:

— Seus pais sabem sobre você e o Sr. Wilkins, Jess?

— É claro que sabem — falei com indignação. — Mas tenho vida própria, sabe? Meus pais não ditam com quem eu saio ou não saio.

Era uma torrente tão absurda de mentiras que fiquei surpresa por minha língua não secar e cair.

E o agente especial Johnson não pareceu acreditar em nada daquilo.

— Seus pais *sabem* — prosseguiu ele, como se nossa conversa não tivesse sido interrompida — que o Sr. Wilkins tem antecedentes criminais? E que está em condicional?

— Sabem — falei, com tanta ousadia quanto consegui. E então, por não conseguir resistir, falei: — Embora não saibam exatamente o motivo dessa condicional...

O agente especial Johnson olhou para baixo na minha direção, franzindo um pouco a testa. Então falou:

— Essa informação é obviamente confidencial. Se o Sr. Wilkins preferiu não compartilhá-la com... seus pais, não vejo como eu possa falar disso.

Droga! Enrolada, de novo! Como eu ia *conseguir* descobrir o que Rob tinha feito para ser preso? Rob não queria me contar e eu não consegui uma resposta direta dos federais. Não podia ter sido tão ruim, senão ele teria ficado preso e não teria conseguido a condicional. Mas o que tinha *sido*?

Parecia que eu nunca ia descobrir. Claro que não, eu tinha conseguido destruir aquele projeto de relacionamento, não é?

Mas o que eu poderia ter feito? De verdade?

Fosse lá quem estivesse do outro lado da linha com o agente especial Johnson, já devia ter atendido, porque ele falou:

— Cassie em segurança. Repito, Cassie em segurança.

Depois ele desligou.

— Quem é Cassie? — perguntei.

— Desculpe — disse o agente especial Johnson, guardando o celular. — Eu devia ter dito Cassandra.

— E quem é Cassandra?

— Ninguém com quem você deva se preocupar.

Olhei para ele com raiva. Agora que eu já estava na chuva havia muito tempo, nem ligava mais se estava muito molhada. Não dava para ficar mais molhada mesmo.

Nem mais infeliz.

— Espere um minuto — falei. — Eu me lembro agora. Sétimo ano. Tivemos aula de mitologia. Cassandra era uma paranormal, ou algo do tipo.

— Ela tinha um dom para a profecia — admitiu o agente especial Johnson.

— É. Só que ela estava sofrendo uma maldição e... — Balancei minha cabeça, incrédula. — *Esse* é meu codinome? *Cassandra?*

— Você preferiria algum outro?

— Claro. Que tal nenhum?

Eu estava tendo um dia bem ruim. Primeiro um espancador de esposas psicopata tenta me matar, depois meu namorado me larga e vai embora. Agora descubro que tenho um codinome no FBI. O que faltava?

A agente especial Smith apareceu das sombras, protegida por um enorme guarda-chuva preto.

— Olhem só para vocês dois — disse ela quando nos viu. — Estão ensopados. — Ela andou até que o guarda-chuva estivesse cobrindo nós três. Bem, mais ou menos.

— Consegui uns quartos no Holiday Inn a alguns quilômetros daqui. Acho que o Sr. Larsson não vai pensar em procurar a Jess lá.

— Vou ter um quarto só pra mim? — perguntei, cheia de esperanças.

— Claro que não. — A agente especial Smith sorriu para mim. — Vamos ser colegas de quarto.

Que ótimo.

— Sou possessiva com o controle remoto — informei a ela.

— Posso viver com isso.

Isso era horrível. Era terrível. Eu não podia ficar em um aconchegante Holiday Inn enquanto Shane estava perdido na mata por aí... ou pior, morto. Eu tinha que encontrá-lo. Só que como eu ia fazer isso? Como poderia encontrá-lo sem Allan e Jill saberem o que eu estava fazendo?

— Tenho que pegar minhas coisas — falei com a garganta seca.

— É claro. — O agente especial Johnson olhou para o relógio. Era um daqueles que acendiam. — Vamos levar você até seu chalé para que pegue suas coisas.

Meu Deus!

Acho que os agentes especiais Johnson e Smith começaram a se arrepender mais do que nunca de terem recebido a missão do Projeto Cassandra quando entramos no Chalé Bétula e observamos o nível de caos lá dentro. Os garotos estavam descontrolados. Uma vez no interior, quase fomos atingidos por um pedaço voador de resina para corda de violino. Arthur estava tocando tuba, apesar da norma que não permitia ensaiar fora do prédio de música; Lionel estava gritando com todas as forças um pedido de silêncio; Doo Sun e Tony estavam fazendo uma luta de espadas usando dois arcos de violino...

E, no meio disso tudo, uma policial estava de pé com as mãos sobre os ouvidos, implorando sem eficácia alguma:

— Por favor! Por favor, me escutem, vamos encontrar seu amigo...

Entrei na cozinha, abri a caixa de luz e desliguei os interruptores.

Rodeados pela semiescuridão, os garotos ficaram paralisados. Todo o barulho cessou.

Então saí da cozinha...

... e imediatamente me tornei parte de um sanduíche de Jessica, pois todos os garotos me rodearam, abraçando várias partes do meu corpo e gritando meu nome.

— Tudo bem — gritei depois de um tempo. — Acalmem-se. Acalmem-se!

Eu me soltei do abraço deles e sentei em uma das camas. Vi que era a cama vazia de Shane quando um relâmpago iluminou o aposento agora escuro. A cama estava mal-arrumada, com lençóis de notas musicais. Eu tinha certeza de que Shane teria preferido lençóis com desenhos relacionados a futebol americano. Ainda assim, os lençóis emanavam um odor similar ao de Shane que, pela primeira vez, achei reconfortante.

— Calma, pessoal — falei, interrompendo os gritos de "Jess, onde você estava?" e "Você ficou sabendo de Shane?". — Sim, eu fiquei sabendo de Shane — falei. — Agora quero ouvir a versão de vocês sobre o que aconteceu.

Os garotos olharam uns para os outros sem entender, depois deram de ombros, quase ao mesmo tempo.

— Ele estava com a gente no caminho para o lago — falou Sam.

Reparei que o sotaque de Lionel piorava quando ele estava estressado. Levei um minuto para entender suas palavras seguintes.

— Mas acho que ele não entrou na água.

— É mesmo, Lionel? — Olhei para o garotinho. — Por que você acha isso?

— Se Shane tivesse entrado na água — disse Lionel pensativamente —, teria tentado afundar minha cabeça. Mas não fez isso.

— Então ele não chegou até o lago? — perguntei.

Os garotos deram de ombros outra vez. Só Lionel assentiu com o que parecia segurança.

— Acho que Shane fugiu — disse Lionel. — Ele estava muito furioso com você, Jess, por não ter me dado um strike.

Como sempre, ele pronunciou meu nome como se fosse Jace. E, como sempre, Lionel estava certo. Pelo menos era o que eu achava. Acho que Shane estava furioso comigo...

furioso o bastante para talvez, apenas talvez, querer me dar uma lição.

Shane, pensei. Onde você está? E o que está tramando?

De repente, as luzes se acenderam. A agente especial Smith saiu da cozinha, depois fez um gesto com a cabeça na direção do meu quarto.

— É ali que ficam suas coisas?

Assenti.

— Vou arrumar tudo pra você — disse ela, e sumiu dentro do meu quarto enquanto o parceiro dela esperava apoiado na porta e olhava novamente para o relógio.

— Quem é aquele cara? — quis saber Tony.

— É o seu *namorado*? — perguntou Doo Sun.

— Aquele é *Rob*? — perguntou Arthur, mas coloquei a mão em cima da sua boca... provavelmente surpreendendo a mim tanto quanto a ele.

— Shh — falei. — Aquele não é Rob. Ele é só, hum, um amigo meu.

— Ah — disse Arthur quando tirei a mão. — Você andou comendo no McDonald's?

Peguei o travesseiro de Shane e pressionei o rosto nele. Ah, Deus, rezei. Me dê forças para não matar nenhum outro garotinho hoje. Um já é o bastante, eu acho.

A agente especial Smith saiu do meu quarto com uma bolsa na mão.

— Acho que peguei tudo — disse ela. — Esses Gogurts são seus ou devo deixá-los para as crianças?

Arthur, com olhos brilhantes, virou a cabeça para mim.

— Ei, o que ela está fazendo? Aquelas são as suas coisas?

— Você vai embora? — O queixo de Lionel começou a tremer. — *Você* vai embora, Jace?

Exasperada — essa *não* era a maneira como eu queria dar a notícia de que estava indo embora para os garotos —, falei para a agente especial Smith:

— Os Gogurts, biscoitos, batatas e tal não são meus. Não coloque na mala.

A agente especial Smith pareceu confusa.

— Não tem biscoitos, Jess. Só esses Gogurts.

— Não tem biscoitos? — Fiquei olhando para ela. — Devia ter. Devia haver biscoitos, batatas e Fiddle Faddle.

— Fiddle o quê? — A agente especial Smith pareceu mais confusa do que nunca.

— Fiddle Faddle — gritaram os garotos.

— Não. — A agente especial Smith vacilou. — Nada disso. Só estes Gogurts.

Ainda segurando o travesseiro de Shane, fiquei de pé e olhei para os garotos.

— Vocês comeram todos aqueles doces e guloseimas que confisquei no outro dia?

Eles olharam uns para os outros. Eu podia jurar que não faziam ideia do que eu estava falando.

— Não — disseram eles, balançando as cabeças.

— Eu tentei — confessou Arthur. — Mas não consegui alcançar. Você guardou alto demais.

Alto demais para Arthur.

Mas não para o maior morador do Chalé Bétula... sem contar eu, é claro.

Então me dei conta de várias coisas ao mesmo tempo. Uma, de que Ruth e Scott, seguidos por Dave, estavam subindo pela varanda da frente... para se despedirem, eu acho.

Dois, que a chuva lá fora tinha parado de repente. Só havia um som distante de trovão no céu agora, enquanto a tempestade se dirigia em direção ao lago Michigan.

E três, que o cheiro do travesseiro de Shane, que eu ainda estava segurando, tinha ficado muito intenso.

E isso aconteceu porque, de repente, eu soube onde ele estava.

E não era no fundo do lago Wawasee.

Capítulo 15

O que você quer que eu diga? Não entendo esse troço paranormal tanto quanto você. Quando eu era hóspede especial na Base Militar Crane, fizeram vários exames em mim e basicamente o que descobriram foi que, quando entro no estágio REM do sono, alguma coisa acontece. É como se o webmaster do meu cérebro repentinamente fizesse o download de informações que não estavam lá antes. É assim que sei as coisas quando acordo.

Só que dessa vez aconteceu enquanto eu estava acordada. De verdade. Bem enquanto eu estava de pé ali, segurando o travesseiro fedorento de Shane.

E eu não senti nada. Nos quadrinhos que meu irmão Douglas sempre lê, quando um dos personagens tem uma visão paranormal (e isso acontece com frequência), ele coça o rosto e fala: "*Aiiii...*"

É sério. *Aiiii.* Como se doesse.

Mas estou dizendo, fazer o download de uma visão paranormal — ou seja lá como elas surgem — não dói. É como se em um momento a informação não estivesse lá, e no próximo segundo, sim.

Como um e-mail.

E foi por isso que, quando ergui os olhos daquele travesseiro, foi muito difícil me controlar. Eu não queria gritar o que sabia para que os agentes especiais Johnson e Smith ouvissem. Eu não estava ansiosa para que conhecessem essa nova evolução, levando em consideração todo o tempo e esforço que gastei afirmando a eles que tinha perdido completamente o poder.

Ainda assim, quando finalmente tive a chance de compartilhar o que me pareceu alguma espécie de milagre, ninguém ficou muito impressionado.

— Numa *caverna*? — A voz de Ruth se ergueu a um tom de pânico. — Você quer que eu vá a uma *caverna* pra procurar aquele maldito garoto? Não, obrigada.

Mandei que ela falasse baixo. Afinal, os federais estavam na sala ao lado.

— Não você — falei. — Eu é que vou efetivamente entrar na caverna. — Eu não queria ofendê-la dizendo a verdade, que Ruth era a última pessoa que eu escolheria para uma exploração de cavernas.

— Mas uma *caverna*? — Ruth ainda parecia cética. — Por que ele fugiria pra se esconder numa caverna?

— Duas palavras — falei. — Paul Huck.

— Quem — sussurrou Ruth —, ou será que eu deveria dizer *o que* é Paul Huck?

— É um cara que fugiu pra uma caverna quando achou que estava sendo perseguido — expliquei baixinho.

Tínhamos que falar cochichando, porque estávamos isoladas no meu quartinho enquanto, do lado de fora, os agentes especiais Johnson e Smith protegiam a área. Eu devia estar me despedindo dos garotos e dos meus amigos. Os federais haviam generosamente me cedido dez minutos para isso. Acho que a linha de pensamento deles era: bem, ela não pode arrumar muita confusão dentro daquele quartinho, não é?

Mas o que eles não sabiam era que: (a) a janela do meu quartinho se abria o bastante para que qualquer um passasse por ela, (b) dois corpos já tinham passado por ela para executar um pequeno favor para mim e (c) em vez de me despedir de Ruth, Scott e Dave, como devia estar fazendo, eu estava esperando uma oportunidade de fugir e encontrar Shane, que agora eu sabia não só que não estava morto, mas que ainda estava no terreno do Camp Wawasee.

— Você se lembra da primeira vez que fomos pra Toca — sussurrei para Ruth —, quando leram as regras e regulamentos? Um deles foi que a Caverna do Lobo era proibida. Que garoto, ao ouvir sobre Paul Huck e ao se sentir perseguido, não iria direto para lá? Além do mais, ele levou todas as guloseimas, *e* minha lanterna sumiu.

Ruth falou com um tom bastante expressivo:

— Você tem alguma *outra* razão para suspeitar que ele está lá, Jess?

A resposta surpreendente foi:

— Sim.

Ruth ergueu as sobrancelhas.

— É mesmo? E todo aquele papo de que você precisa entrar no estágio REM do sono para conseguir... você sabe?

— Não sei. Talvez eu não precise se estiver motivada o bastante...

Eu não sabia colocar em palavras o que tinha acontecido quando abracei o travesseiro de Shane. Como o cheiro do xampu encheu minha cabeça com uma imagem dele, encolhido no brilho da lanterna, enchendo a cara de Fiddle Faddle.

Não sei como aconteceu e nem se aconteceria de novo. Mas eu tinha tido uma visão, enquanto acordada, de uma pessoa desaparecida...

E agiria baseada naquela visão para consertar o erro que eu tinha cometido.

— Se você quer saber, o garoto idiota não vale o trabalho — disse Ruth.

— Ruth. — Balancei a cabeça para ela. — Que tipo de atitude é essa?

— Ele é um saco.

— Você não diria isso se o tivesse ouvido tocar.

— Ele não pode ser tão bom.

— Ele é. Pode acreditar. — A lembrança da música linda que Shane tinha tocado estava tão clara na minha mente quanto a visão que tive dele enfiando Doritos na boca à luz da lanterna.

Ruth suspirou.

— Se você diz. Ainda assim, se eu fosse você, deixaria que ele ficasse lá até apodrecer. Vai voltar sozinho quando a comida acabar.

— Ruth, um garoto se perdeu naquela caverna e morreu, lembra? Foi por isso que se tornou proibida Até onde eu sei, Shane pode não conseguir encontrar o caminho de volta e talvez seja por isso que ainda está lá.

Ruth não pareceu acreditar.

— E o que te faz achar que vai conseguir encontrar o caminho, se ele não consegue?

Cutuquei minha cabeça.

— Por causa do meu sistema de orientação embutido.

— Ah, é — disse Ruth. — Eu tinha esquecido. Você e o Mercedes do meu pai.

De repente, a calmaria que tinha se instalado no acampamento depois da tempestade foi destruída por uma explosão tão alta que fez os trovões parecerem um estalo de dedo. Ruth colocou as mãos sobre os ouvidos.

— Nossa — falei, impressionada. — Bem na hora. Aquele seu namorado sabe mesmo criar uma distração.

Ruth baixou as mãos e falou, séria:

— Scott não é meu namorado. — Então, acrescentou: — Ainda. E ele sabe bastante sobre distrações. Afinal, chegou ao ranking máximo dos escoteiros, Eagle Scout.

A porta do meu quarto se abriu. A agente especial Smith apareceu, com a arma na mão.

— Graças a Deus você está bem — disse quando me viu. Seus olhos azuis estavam arregalados pelo nervosismo. — Só pode ter sido ele. Clay Larsson. Fique aqui enquanto eu e o agente Johnson vamos investigar, está bem? Vamos deixar a policial Deckard e um dos assistentes do xerife também...

— Claro — falei calmamente. — Pode ir.

A agente especial Smith me deu um sorriso nervoso que acho que era pra ter sido tranquilizador. Depois, fechou a porta.

Fiquei de pé.

— Vamos sair daqui — falei, indo em direção à janela.

— Espero que você saiba o que está fazendo — murmurou Ruth com pesar enquanto me seguia. — Sabe, provavelmente estão exagerando nesse negócio do Clay Larsson, mas e se ele realmente estiver lá fora, procurando você?

Lancei-lhe um olhar de desprezo para trás antes de sair pela janela.

— Ruth. Você está falando comigo. Acha que não consigo lidar com um espancadorzinho de esposas meio coroa?

— Bem, se você fala *assim*...

Saímos pela janela o mais silenciosamente possível. Do lado de fora, exceto por um misterioso brilho laranja vindo do estacionamento, estava escuro. E não tão quente quanto antes, graças à chuva.

Mas tudo, tudo mesmo, estava molhado. Meus tênis e a barra do meu jeans, que tinham começado a secar, logo ficaram encharcados de novo. Gotas de chuva caíam das árvores toda vez que o vento sacudia as folhas. Era bastante desagradável... como Ruth não hesitou em observar, na primeira oportunidade.

— Minhas canelas estão coçando — sussurrou ela.

— Ninguém mandou você vir — sussurrei em resposta.

— Ah, claro — sibilou Ruth. — Me deixar pra trás pra encarar os tiras. Muito obrigada.

— Se você quer vir comigo, tem que parar de reclamar.

— Tá. Só que toda essa chuva está atacando minhas alergias.

Eu juro que às vezes acho que seria melhor se eu não tivesse uma melhor amiga.

Só tínhamos andado uns 10 metros quando ouvimos passos sorrateiros se aproximando de nós. Sibilei para Ruth desligar a lanterna, mas nossa precaução não serviu para nada, porque eram apenas Scott e Dave vindo se juntar a nós.

— Oi — falei para eles quando chegaram perto. — Bom trabalho, garotos. Eles caíram direitinho.

Scott baixou a cabeça com modéstia.

— Você estava certa, Jess. Absorventes internos são ótimos pavios.

Olhei para Ruth.

— E você disse que a detenção era perda de tempo.

Ruth só balançou a cabeça.

— O sistema de educação pública americano com certeza não foi elaborado com mal-agradecidos como vocês em mente.

Dave olhou para trás em direção à fumaça preta e densa que subia do estacionamento em direção ao céu.

— Ah, não sei — disse ele. Ele estava ofegante, sujo de terra e coberto de folhas mortas, mas evidentemente animado. Eu sabia o que estava pensando: nunca em seus 17 anos de nerdice como tocador de trompete e jogador de Dungeons & Dragons ele tinha feito uma coisa tão perigosa... e divertida. — Eu estava pensando em ver se consigo créditos extras com meu professor de química do semestre que vem por causa disso. Incendiar uma van com um coquetel Molotov tem que dar pelo menos uns dez pontos de bônus.

— Vocês são loucos — disse Ruth.

Scott pareceu magoado.

— Ei. Fomos cuidadosos. Nenhuma criança ou animal foi ferido na execução desse plano.

— Nem oficiais da lei — acrescentou Dave.

— Estou cercada de lunáticos — murmurou Ruth.

— Já chega — sussurrei. — Vamos.

Acabamos não precisando das lanternas para enxergar o caminho ao redor do lago. A tempestade já tinha passado, deixando para trás um céu quase todo limpo. Uma brilhante lua nova nos iluminou — era só um fiapo de lua, mas que emanava luz o bastante para nos permitir enxergar, pelo menos nos trechos em que não havia árvores para bloqueá-la —, assim como um manto suave de luz das estrelas.

Se eu não tivesse me dado conta antes ao ouvir o comentário sobre as alergias, eu teria certeza quando chegamos à metade do contorno do lago que levar Ruth junto tinha sido um grande erro. Ela simplesmente não calava a boca... e não porque queria que o mundo todo soubesse da coceira nos olhos que lacrimejavam, mas porque queria que Scott soubesse como ela o achava corajoso e forte por encarar o FBI completamente sozinho... bem, certo, com a ajuda de Dave, mas mesmo assim. Eu esperava sinceramente que eu não soasse do mesmo jeito quando falava com Rob — toda melosa e infantil. Acho que, se eu falasse assim, Rob teria me mandado parar. Ao menos era o que eu esperava.

Não sei o que Dave estava pensando enquanto percorríamos o perímetro do lago. Ele estava bem quieto. Tinha sido um dia intenso para ele e Scott, refleti. Eles tinham conhecido uma verdadeira paranormal, distraído agentes do FBI e explodido uma van, tudo num dia só. Não era surpreendente que não estivesse muito falante. Era muita coisa para assimilar.

Eu estava tendo dificuldade em assimilar algumas coisas também. Se você quer saber, o lance com o Rob me encucava muito mais do que o fato de eu ter conseguido encontrar um garoto sem ter que tirar um cochilo antes — principalmente levando em consideração o fato de que sou uma mulher cheia de vida e independente que não precisa de um homem para se sentir completa. Eu falei que ligaria para ele e ele mandou não ligar? Que tipo de bobagem era essa? É minha culpa que tenho uma carreira muito importante e que às vezes sou forçada a pensar primeiro não na minha segurança pessoal, mas nas crianças? Ele não podia ver que o problema não era ele, nem eu, mas um garoto de 12 anos desaparecido que, é verdade, não conseguia parar de fazer piadas sobre peidos, mas ainda assim não merecia morrer na floresta do norte de Indiana?

É claro que também havia a pequena questão de eu ter arrastado o pobre Rob para isso tudo. Ele tinha ido até ali, me levado até Chicago e depois me ajudado a resolver o problema de Keely só porque eu pedi. E não pediu nada em troca. Nem mesmo uma porcaria de um beijo.

E tudo que recebeu foi uma arma apontada para ele por um agente do FBI.

Quando se levava em conta todos esses fatos, acho que não era surpreendente que ele não quisesse que eu ligasse mais.

Mas embora esse fosse o problema mais pessoal e perturbador na minha cabeça enquanto seguíamos em direção à Caverna do Lobo, certamente não era o único. Também havia, é claro, a questão intrigante de como o Dr. Alistair tinha descoberto sobre mim. Eu não achava que Pamela tivesse contado a ele. Era estranho que ele soubesse onde eu estava durante a tarde, enquanto Pamela não. Ela certamente desconfiava, mas eu não tinha compartilhado com ela meus planos em relação a Keely Herzberg. Pensei que, quanto menos pessoas soubessem, melhor.

Então como o Dr. Alistair tinha ficado sabendo?

A luz da lua sumiu quando deixamos a beirada do lago e fomos para a área do bosque onde ficava a Caverna do

Lobo. Se eu tinha achado a grama molhada ruim, isso era umas dez vezes pior. A ladeira era íngreme, e como a área não era frequentada, não havia trilha para seguir... só o chão molhado e escorregadio, coberto de lama e folhas mortas. Os outros tiveram que acender as lanternas para não corrermos o risco de quebrar o pescoço ao tropeçar em uma raiz ou em alguma outra coisa.

Apesar dos nossos esforços para nos aproximarmos da caverna em silêncio, devíamos estar fazendo um barulho considerável — principalmente analisando o fato de que Ruth não parava de falar sobre as porcarias das canelas. Estava bem silencioso dentro do bosque. Havia grilos guizalhando, mas pela primeira vez desde que cheguei ao acampamento, não havia som de cigarras. Talvez a chuva tivesse afogado todas.

Então não pode ter sido muito difícil para Shane ouvir nossa aproximação.

E isso podia explicar por que, quando finalmente chegamos à boca da Caverna do Lobo — só um ponto escuro debaixo de um amontoado de rochas protuberantes na lateral da colina que estávamos subindo —, não havia sinal de Shane.

Bem, a não ser que você contasse as embalagens de doce e caixas vazias de Fiddle Faddle que se acumulavam na entrada estreita.

Peguei a lanterna de Ruth e iluminei a caverna. A entrada era surpreendentemente pequena... com apenas um metro de altura e talvez uns 60 centímetros de largura. Eu não gostaria de me espremer por ali, tenho que dizer.

— Shane — gritei. — Shane, saia daí. Sou eu, Jess. Sei que você está aí, Shane. Você deixou um monte de Fiddle Faddle aqui fora.

Houve um som vindo do interior da caverna. Era o som de alguém rastejando.

Só que o ruído estava se afastando de nós, e não se aproximando.

— Vamos deixá-lo aí — sugeriu Ruth. — O idiotinha merece.

Scott pareceu um tanto chocado com a frieza dela.

— Não podemos fazer isso — disse ele. — E se ele se perder aí dentro?

Ruth bateu as pestanas por trás dos óculos.

— Ah, Scott — sussurrou ela com aquela voz doce nada natural. — Você está certíssimo. Eu não tinha pensado nisso.

Eca.

— Talvez haja outro caminho — disse Dave. — Uma entrada maior. A maioria das cavernas tem mais de uma entrada.

— Shane — gritei para dentro da caverna. — Eu sinto muito, tá? Me desculpa por não ter dado um strike para Lionel. Juro que ele tem um agora, tá?

Nenhuma resposta. Tentei de novo.

— Shane, todo mundo está muito preocupado com você — gritei. — Até Lionel sentiu sua falta. Até as garotas do Chalé Frangipana sentem a sua falta. Na verdade, elas sentem mais do que qualquer pessoa. Estão fazendo uma vigília à luz de velas pra você agora mesmo. Se sair, podemos invadir o chalé delas enquanto rezam por você. De verdade. Eu até posso doar uma calcinha minha pra ajudar na causa.

Nada. Fiquei de pé.

— Vou ter que entrar lá atrás dele — falei baixinho.

— Eu vou com você — voluntariou-se Dave. E, pensando bem, foi um ato muito galante da parte dele. Mas acho que só estava fazendo aquilo porque se sentia culpado por ter deixado Shane escapar de seu controle.

Meu olhar percorreu o corpo dele.

— Você não vai conseguir passar.

E era verdade. De nós quatro, a única pessoa pequena o bastante para caber naquele buraco era eu, e todos sabiam.

— Além do mais, isso é entre mim e Shane — falei. — É melhor eu ir sozinha. Vocês ficam aqui prestando atenção para ver se ele não vai sair por nenhuma daquelas aberturas laterais das quais vocês estavam falando.

Ninguém precisou mandar Ruth ficar onde estava. Ela se sentou em uma das rochas ali perto e imediatamente começou a massagear as canelas picadas por mosquitos. Scott e Dave me deram algumas dicas sobre cavernas que aprenderam na época em que eram escoteiros: se você iluminar um buraco com uma lanterna e não conseguir ver o fundo, deve evitá-lo.

Armada com essa informação, me ajoelhei e comecei a engatinhar. Não era uma tarefa fácil: engatinhar e tentar ver o caminho ao mesmo tempo. Ainda assim, consegui não cair em nenhum buraco sem fundo. Pelo menos não imediatamente. Percorri devagar um túnel estreito, porém seco. Para minha alegria, não havia morcegos e coisas pegajosas. Só muitas folhas secas e um ou outro Dorito esmagado.

Shane merecia aplausos por uma coisa: se ele queria atenção, certamente sabia como conseguir. A monitora dele estava engatinhando por um buraco para encontrá-lo, seguindo uma trilha de embalagens de chocolate Snickers e de farelos de biscoito. O que mais um garoto podia querer?

Ainda assim, quanto mais eu entrava, mais achava que ele estava levando as coisas longe demais. Gritei o nome dele algumas vezes, mas a única resposta que ouvi foi mais barulho de jeans se arrastando na pedra. Para um menino gorducho, Shane conseguia engatinhar muito rápido.

Não havia como saber o quanto eu tinha entrado na caverna — 400 metros? Oitocentos? — Até que reparei que ela estava começando a se alargar. Agora eu via estalactites e o que eu tinha aprendido na aula de biologia do sexto ano como sendo estalagmites (estalactites saem do teto e apontam para o chão, enquanto estalagmites apontavam para o alto a partir do chão: estalac*t*ite, *t*eto; portanto estalagmite, chão. Ao menos foi assim que o Sr. Hudson explicou). Eu lembrava que ambos eram formados por precipitação de calcita, seja lá o que fosse isso. O que significava, é claro, que a caverna não era tão confortável e seca quanto parecia.

Não que eu me importasse. Isso só significava que haveria menos chance de eu encontrar criaturas do bosque que poderiam ter escolhido aquele lugar como lar, e isso para mim estava ótimo.

Em pouco tempo, a caverna começou a se alargar. Chegou a um ponto em que estava alta o bastante para que eu ficasse de pé. Conforme o caminho se ampliava, me vi em uma caverna do tamanho do quarto que eu tinha em casa.

Só que, diferentemente do meu quarto, aquele lugar estava cheio de sombras assustadoras, e o chão parecia subir abruptamente em direção ao teto nas laterais. Estalactites pontudas pendiam de todos os lados, e mesmo quando eu as iluminava com a lanterna, não tinha como saber se escondiam morcegos ou se aquilo que crescia na base delas era algum tipo de fungo ou algo assim.

Aprendi uma coisa naquela noite. Não gosto muito de cavernas. E acho que não vou mais contar a história de Paul Huck para crianças novas e impressionáveis quando houver alguma caverna por perto.

Felizmente, Shane parecia tão assustado pelo ambiente cheio de sombras quanto eu, pois, embora vários outros túneis se abrissem a partir dali, ele não tinha entrado em nenhum. A luz da minha lanterna logo se cruzou com a da dele, e o vi lá sentado, de calça jeans Wrangler e camiseta listrada de azul e vermelho.

— Você é uma tremenda mentirosa — foi a primeira coisa que ele me disse.

— Ah, é? — Havia um eco assustador na caverna. Eu ouvi água pingando em algum ponto, num *ping ping ping* contínuo. Parecia vir de um dos túneis mais largos que partia de onde estávamos. — Isso é uma coisa bem legal pra se dizer a alguém que acabou de rastejar pelas entranhas da terra pra te encontrar.

— Como soube que eu estava aqui? — perguntou Shane. — Hã? Como soube que eu estaria na caverna?

— Foi fácil — falei, indo lentamente em direção a ele. — Todo mundo sabe que você levou aquela história do Paul Huck muito a sério.

— Mentira! — A voz de Shane pareceu quicar nas paredes da caverna, e o *mentira* dele se repetiu várias vezes até desaparecer.

Pisquei sem entender.

— Como assim?

— Você usou seus poderes pra me encontrar — gritou Shane. — Seus poderes paranormais! Você ainda tem. Admita!

Parei de ir em direção a ele. Então apontei a lanterna para o rosto dele e vi farelos de biscoito em um tom amarelado de Doritos ao redor de sua boca.

— Shane, foi esse o motivo de tudo que você fez? Provar que ainda tenho PES?

— É claro. — Shane se mexeu contra o chão duro da caverna, o lábio contraído com aspecto de quem estava enojado. — Que outro motivo eu teria? Eu sabia que você estava mentindo. Soube na hora em que vi a foto daquele menino na sua mão, naquela primeira noite. Você é uma mentirosa, Jess. Sabia? Pode me dar quantos strikes quiser, mas a verdade é que você não é melhor do que eu. Até pior, talvez. Porque é uma mentirosa.

Apertei os olhos. O garoto era mesmo uma peça.

— Ah, sim. E olha quem fala. Você tem alguma ideia de quantas pessoas estão lá fora procurando por você? Todo mundo acha que você se afogou no lago.

— Pena que não perguntaram pra você, né, Jess? — Os olhos de Shane estavam brilhando no feixe de luz da minha lanterna. — Você teria acabado com todos os mal-entendidos, né?

— Sua mãe — prossegui. — Seu pai. Provavelmente estão morrendo de preocupação.

— Bem feito pra eles — disse Shane em um tom mal-humorado. — Me obrigaram a vir pra essa porcaria de acampamento.

Percorri o espaço que nos separava e depois me abaixei ao lado de Shane, apoiando na parede dura de pedra.

— Quer saber de uma coisa, Shane? Você também é um mentiroso.

Shane fez um som de quem estava ofendido. Antes que pudesse dizer qualquer outra coisa, continuei falando, sem olhar para ele, mas sim para as estranhas sombras à nossa frente.

— Sabe o que eu acho? Que você gosta de tocar flauta. Não acredito que conseguiria tocar tão bem se não gostasse. Você pode ter o tom perfeito e tudo, mas pra tocar daquele jeito é preciso prática.

Shane começou a dizer alguma coisa, mas eu não parei.

— E se você realmente odiasse tanto, não praticaria. Isso o torna um mentiroso tão grande quanto eu.

Shane protestou, usando palavras bem intensas para dizer que aquilo não era verdade. O uso que ele fazia dos palavrões era bem criativo.

— Você quer saber por que falo pras pessoas que não tenho mais o poder paranormal, Shane? — perguntei a ele quando me cansei de ouvi-lo proferir injúrias. — Porque eu não gostava da minha vida na época em que todo mundo achava que eu ainda tinha o poder. Sabe? Era muito... complicado. Eu só queria ser uma garota normal de novo. Foi por isso que comecei a mentir.

— Não sou mentiroso — insistiu Shane.

— Tudo bem. Vamos supor que não seja. Minha pergunta pra você seria: por que não?

Ele ficou olhando para mim.

— O q-quê?

— Por que você não mente? Se odeia tanto ter que vir pro lago Wawasee, por que simplesmente não diz pra todo mundo que não sabe mais tocar, do mesmo jeito que falei pra todo mundo que não consigo mais encontrar pessoas?

Shane piscou algumas vezes. Depois riu, inseguro.

— Ah, tá. Isso nunca daria certo.

Dei de ombros.

— Por que não? Deu certo pra mim. Você é o único que sabe que ainda tenho esse "dom", sem contar alguns amigos muito íntimos. Por que não pode fazer a mesma coisa? Apenas toque mal.

Shane me encarou.

— Tocar mal?

— Claro. É fácil. Faço isso todo ano quando meu professor de orquestra faz os testes de cadeiras. Toco mal, só um pouquinho, mas de propósito, pra não pegar a primeira cadeira.

Shane fez uma coisa surpreendente naquele momento. Olhou para as próprias mãos. Mesmo. Como se não fossem presas ao seu corpo. Olhou para elas como se as tivesse vendo pela primeira vez.

— Tocar mal — sussurrou ele.

— É. E então vá atrás do futebol americano. Se é isso que você realmente quer. Eu acho que desistir da flauta por causa do futebol é burrice. Você provavelmente pode fazer as duas coisas. Mas a vida é sua, né.

— Tocar mal — murmurou ele de novo.

— É — falei de novo. — É fácil. Apenas diga para as pessoas, sim, eu *tinha* um dom. Mas acho que o perdi. De repente. — Estalei os dedos.

Shane ainda estava olhando para as mãos. Preciso acrescentar que aquelas mãos, as que tinham executado aquela música doce e penetrante, não estavam muito limpas? Estavam cobertas de terra e pedaços de batata frita.

Mas Shane não pareceu se importar.

— Eu tinha um dom — murmurou ele. — Mas o perdi.

— Isso aí. Você está começando a entender.

— Eu *tinha* um dom — disse Shane, olhando para mim com olhos brilhantes. — Mas o perdi.

— Certo — falei. — É claro que vai ser um golpe para todos os amantes da música. Mas tenho certeza de que você será um excelente receptor.

O olhar de perplexidade agradecida de Shane se transformou em um de desprezo.

— Atacante — disse ele.

— Desculpa. Atacante.

Shane continuou a me encarar.

— Jess, por que você veio atrás de mim? Achei que me odiasse.

— Não odeio você, Shane. Gostaria que você parasse de implicar com os garotos menores e adoraria que você não me chamasse mais de lésbica. E posso garantir: se você continuar assim, um dia alguém vai fazer alguma coisa muito pior com você do que você fez com Lionel.

Shane ficou me encarando mais um pouco.

— Mas eu não te odeio — concluí. — Na verdade, no caminho até aqui, concluí que até gosto de você. Você sabe ser engraçado e acho que seria um bom jogador de futebol americano. Acho que você seria bom em qualquer coisa que resolvesse ser.

Ele ficou me olhando e piscando, com as bochechas gorduchas e sardentas manchadas de terra e chocolate.

— É mesmo? — perguntou ele. — Acha mesmo isso?

— Acho. Embora também ache que você precisa de um corte de cabelo.

Ele mexeu na parte de trás do mullet e pareceu ficar na defensiva.

— Gosto do meu cabelo — disse ele.

— Você parece o Rod Stewart.

— Quem é Rod Stewart? — perguntou ele.

Mas isso pareceu algo além até da minha capacidade de descrição naquele momento em particular. Então apenas falei:

— Quer saber? Deixa pra lá. Vamos voltar pro chalé. Esse lugar está me deixando apavorada.

Nos viramos na direção de onde tínhamos vindo. E foi quando reparei em uma coisa.

Que não estávamos sozinhos.

— Olha só o que temos aqui — disse Clay Larsson.

Capítulo 16

Eu gostaria de aproveitar a oportunidade para dizer que não tinha acreditado nos agentes especiais Johnson e Smith quando eles anunciaram que o namorado da Sra. Herzberg estava em uma espécie de delírio assassino e que eu era a próxima vítima da lista. Acho que eu estava com a sensação de que estavam tentando me assustar, fazer com que eu ficasse sozinha com eles em algum lugar para que pudessem me observar sem interrupções.

Por exemplo, se eu tivesse ido com eles para o Holiday Inn, a agente especial Smith sem dúvida teria acordado muito cedo e ficado sentada ao lado da minha cama, com uma caneta e um bloco nas mãos, para ver se eu ia acordar falando sobre onde Shane estava, provando assim que eu tinha mentido sobre não ter mais meus poderes telecinéticos ou sei lá.

Foi isso que parte de mim pensou. Ao contrário de Rob, eu nunca tinha levado a sério a ideia de que podia haver um homem infeliz o bastante com meu comportamento recente para me querer, você sabe. Morta.

Pelo menos não acreditei até ver que ele estava de pé na minha frente com uma daquelas lanternas longas, no estilo das que os seguranças usavam, nas mãos...

Uma daquelas que daria uma arma muito boa. Do tipo bom de se usar se você quisesse acertar a cabeça de alguém. Alguém que, por exemplo, tivesse te dado um chute na cara naquele mesmo dia.

— Pensou que não ia mais me ver, né, garotinha? — Clay Larsson olhou atravessado para Shane e para mim. Ele era o que se poderia chamar de homem grande, embora eu não pudesse falar em favor do gosto dele para moda. Não estava nem um pouco mais bonito agora, à luz da minha lanterna, do que em plena luz do dia.

E estava ainda menos atraente agora que tinha a marca da sola do meu Puma tatuada por cima do nariz. Havia marcas roxas e amareladas ao redor dos olhos — hematomas da cartilagem nasal que eu tinha esmagado com meu chute — e as narinas estavam cheias de sangue seco.

Essas eram as consequências inevitáveis de levar um chute na cara, é claro. Eu não podia usar as contusões para criticar a aparência dele. Mas ele poderia ter resolvido os problemas da barba por fazer e do mau hálito.

— Olha — falei, dando um passo para ficar na frente de Shane. — Sr. Larsson, eu entendo que o senhor pode estar aborrecido comigo.

Talvez interesse a você saber que, nesse momento, meu coração não estava disparado nem nada. Acho que eu estava com medo, mas normalmente, em situações assim, eu não costumo me dar conta até que tudo tenha acabado. Depois, se eu ainda estiver consciente, geralmente vomito ou algo assim.

— Mas o senhor precisa entender... — enquanto eu falava, ia andando para trás, empurrando Shane lentamente em direção a um dos outros túneis que se iniciavam na caverna onde estávamos — que eu só estava fazendo meu trabalho. O senhor tem um trabalho, certo?

É claro que, ao olhar para ele, eu não conseguia imaginar que tipo de idiota daria um emprego a ele. Quem empregaria uma pessoa que cuidava tão mal de si mesmo e da higiene pessoal? A camisa dele, por exemplo. Estava manchada. Manchada com alguma coisa que eu tinha esperança de que fosse chili ou molho barbecue. Era vermelho, fosse o que fosse.

Mas enfim: uma falta total de planejamento ficava evidente no conjunto de roupas e aparência de Clay, e eu considerei isso uma tremenda pena, pois ele, tecnicamente, não era um homem feio. Talvez não fosse um Gato, mas certamente era Pegável se você conseguisse limpá-lo e arrumá-lo.

— O que quero dizer é que as pessoas me procuram — falei, ainda me afastando — para dizer que seus filhos estão desaparecidos e eu, bem, o que posso fazer? Tenho que ir pegar a criança. Esse é meu trabalho. O que aconteceu hoje foi que eu estava apenas fazendo meu trabalho. O senhor não vai se ofender com isso, vai?

Ele estava vindo lentamente na minha direção, com o feixe de luz da lanterna bem no meu rosto. Isso dificultava um pouco que eu visse o que ele estava fazendo, além de continuar vindo para cima de mim. Eu tinha que proteger meus olhos com uma das mãos enquanto, com a outra, continuava a empurrar Shane para trás.

— Você fez Darla chorar — disse Clay Larsson com uma voz grave e bastante ameaçadora.

Darla? Quem diabos era Darla?

Aí a ficha caiu.

— Sim — falei. — Tenho certeza de que a Sra. Herzberg ficou bastante chateada. — Eu queria apontar que eu tinha conhecimento de que, na verdade, ele provavelmente tinha feito a mãe de Keely chorar bem mais vezes do que eu (jogar garrafas nas pessoas tende a provocar isso), mas senti que, naquele ponto da conversa, poderia não ser a coisa mais inteligente a fazer.

— Mas o fato é que vocês dois não deviam ter tirado Keely do pai — falei. — Ele recebeu a guarda judicial por algum motivo e vocês não tinham o direito de...

— E — Clay não pareceu ter ouvido meu discursinho — você quebrou meu nariz.

— É verdade. Eu fiz isso. E sabe, sinto muito sobre isso. Mas o senhor estava segurando minha perna, lembra? E não queria soltar, e acho que, bem, fiquei com medo. O senhor não vai guardar rancor por causa disso, vai?

Evidentemente, ele tinha intenção de fazer isso, pois disse:

— Quando eu terminar com você, garotinha, você vai ter uma nova definição para medo.

Definição. Uau. Uma palavra de quatro sílabas. Fiquei impressionada.

— Sr. Larsson, não vamos fazer nada de que o senhor possa se arrepender. Acho que o senhor precisa saber, este lugar está cheio de agentes federais...

— Eu vi. — Eu não podia ver a expressão dele por causa da luz nos meus olhos, mas pude notar seu tom. Foi um tanto irônico. — Correndo em direção àquela van em chamas. Um pouco antes de eu ver você e seus amigos do lado de fora. — Ele parecia estar sorrindo. — Fiquei feliz quando vi que foi você quem entrou.

— Ah, é? — Eu não sabia mais o que dizer. Só conseguia pensar em mantê-lo falando. Talvez Ruth ou um dos garotos ouvisse e corresse para pedir ajuda...

Isso se não estivéssemos longe demais para sermos ouvidos.

— Gosto de cavernas — disse Clay Larsson. — Esta é muito boa. Tem vários caminhos de entrada. Mas só um de saída... ao menos pra você.

Não gostei de ouvir isso.

— Sr. Larsson, vamos conversar sobre isso, tá? Eu...

— Não podia ter escolhido um lugar melhor pro que planejei, nem que tentasse — concluiu Clay Larsson.

— Ah — falei, engolindo em seco. Minha garganta, que ultimamente vinha tendo uma tendência a ficar um tanto seca, parecia o Saara. Ah, e lembra quando falei que meu coração não estava disparado?

Agora estava. Disparado e batendo com força.

— Hum. Tudo bem. — Tentei me lembrar do que tinha aprendido no treinamento de monitores sobre resolução de conflitos. — Então o que o senhor está dizendo, Sr. Larsson, é que está infeliz com o modo como tirei Keely de vocês...

— E me chutou no rosto.

— Certo, e chutei o senhor no rosto. Está dizendo que está um tanto insatisfeito com esse desenrolar dos acontecimentos...

— Isso mesmo — respondeu Clay Larsson.

— E o que *eu* gostaria de dizer para o senhor — tentei manter minha voz agradável, como disseram no treinamento de monitores, mas era difícil por causa do tanto que eu estava tremendo — é que esse desacordo é entre mim e o senhor. Shane não teve nada a ver com isso. Então, se o senhor não se incomoda, talvez ele possa sair...

— E correr até aqueles seus amigos federais? — O tom de Clay Larsson estava tão furioso quanto o meu estava agradável. — Até parece. Nada de testemunhas.

Engoli em seco. Eu podia sentir a respiração de Shane, quente e rápida, na parte de trás do meu braço. Ele estava segurando nas passadeiras de cinto do meu jeans, estranhamente silencioso para o que era habitual vindo dele. Eu não me incomodaria com um arroto reconfortante, mas nenhum parecia estar a caminho. Considerando as circunstâncias, lamentei o comentário que tinha feito sobre o cabelo dele.

Será que eu conseguiria enrolar por tempo suficiente para colocar Shane em posição de conseguir entrar em um daqueles túneis e escapar? A abertura pela qual eu o tinha seguido era estreita demais para Clay Larsson. Se eu pudesse distraí-lo por tempo o bastante...

— Essa não é a melhor forma de tentar garantir o direito de visitação da Sra. Herzberg, sabe? — observei. — Um tribunal de justiça veria com desconfiança o fato de ela dividir o lar com um homem que, hum, cometeu uma tentativa de assassinato.

Clay Larsson perguntou:

— Quem falou sobre tentativa?

Então, de repente, a luz que estivera nos meus olhos dançou loucamente no teto quando Clay Larsson ergueu a lanterna, com a intenção, imagino, de bater com ela na minha cabeça.

Gritei para Shane correr, e ele não desperdiçou tempo algum. Entrou no túnel estreito atrás de nós mais rápido do que qualquer personagem de *Alice no País das Maravilhas* que já caiu pelo buraco do coelho. Em um minuto ele estava ali e, no minuto seguinte, tinha sumido.

Fiquei com a impressão de que segui-lo teria sido uma coisa inteligente a se fazer...

Mas antes eu precisava resolver o fato de que havia uma lanterna pesada vindo em minha direção.

Ser pequena tem suas compensações. Uma delas é que sou rápida. Além disso, consigo me enfiar em espaços geralmente impossíveis de serem ocupados por humanos. Nesse caso, me abaixei atrás de um combo de estalactite e estalagmite que tinha formado uma espécie de pilar de calcita ao lado do buraco pelo qual Shane tinha entrado. O resultado disso foi que a lanterna de Clay Larsson bateu com força contra a formação rochosa em vez de contra a minha cabeça.

Houve uma explosão de estilhaços de pedra e Clay Larsson falou um palavrão muito cabeludo. A formação de calcita se partiu ao meio e a estalactite caiu como um pedaço de gelo derretendo. Ela aterrizou no chão com um baque.

Quanto a mim, bem, eu saí dali.

Só que no caminho, de alguma forma, deixei cair minha lanterna.

Levando em consideração o que aconteceu em seguida, talvez tenha sido melhor assim. Clay, ao ver o feixe branco e iluminado, bateu com a própria lanterna (com força o bastante para produzir um assovio ao cortar o ar) na direção em que achou que eu estava. Houve outro ruído alto, este vindo do choque da lanterna pesada de metal contra a parede da caverna.

Ele não estava brincando sobre o negócio da tentativa de assassinato. Se tivesse atingido minha cabeça, pensei com um embrulho no estômago, eu teria um buraco útil perto do tronco cerebral para guardar minhas moedas.

— Belo truque — grunhiu Clay ao se agachar para pegar minha lanterna. — Só que agora você não vai conseguir enxergar nada para sair daqui, não é, garotinha?

Verdade. Por outro lado, eu podia ver o que mais importava, ou seja, ele.

E, mais importante ainda, ele não podia me ver. Achei que era melhor usar a vantagem enquanto eu ainda a tinha.

A pergunta era: como? Concluí que tinha várias opções. Eu podia ficar onde estava até o inevitável momento em que eu fosse mais uma vez capturada pelo feixe de luz da lanterna dele... e agora ele tinha duas lanternas, ou seja, dois feixes de luz.

Minha segunda opção era tentar seguir Shane pelo buraco do coelho o mais rápido que eu conseguisse. O único problema desse plano era que qualquer pedra que eu chutasse no caminho me entregaria. Será que eu conseguiria ir mais rápido do que um homem daquele tamanho? Eu achava que não.

A terceira alternativa era a da qual eu menos gostava, mas que parecia ser a única que me restava. Enquanto o cara tivesse a mim para se concentrar, não iria mexer com Shane. Quanto mais eu conseguisse impedir que ele tentasse ir atrás do garoto, maiores eram as chances dele escapar.

E foi assim que, com grande pesar, fiz um barulho para chamar a atenção de Clay, atraindo-o na direção em que eu estava escondida e para longe de Shane.

Mas eu não tinha contado com o fato de Clay Larsson ser inteligente o bastante (e, vamos admitir, estar sóbrio o bastante) para não cair na minha estratégia. E foi exatamente o que aconteceu. Eu joguei uma pedra para um lado, achando que ele seguiria o som, e imediatamente saí correndo na direção oposta...

E acabei descobrindo, para minha grande surpresa, que o Sr. Larsson se virou e, tão rápido quanto um gato, bloqueou minha passagem.

Tentei parar de correr, mas era tarde demais.

Quando percebi, ele tinha me derrubado.

Enquanto estava voando pelo ar, quase me chocando contra várias estalactites, tive tempo para refletir que o professor Le Blanc estava certo: eu *tinha* sido preguiçosa por nunca aprender a ler partituras. E jurei para mim mesma que, se saísse viva da Caverna do Lobo, dedicaria o resto da minha vida a combater o analfabetismo musical.

Caí no chão com um impacto considerável, mas foi o corpo de Clay Larsson caindo sobre o meu que tirou todo o ar dos meus pulmões. Isso também me convenceu de que voltar a me mover provavelmente seria muito doloroso e possivelmente até fatal, devido aos ferimentos internos que eu tinha certeza ter acabado de sofrer. Enquanto estava ali deitada, atordoada pelo golpe (que me deu a sensação de ter quebrado todos os ossos do meu corpo), tive tempo de me perguntar se algum dia encontrariam nossos restos mortais, ou se Shane e eu apodreceríamos na Caverna do Lobo até que algum outro campista candidato a Paul Huck tropeçasse em nós.

Esse era um pensamento deprimente. Porque, você sabe, havia muitas coisas que eu gostaria de fazer e que nunca tive a chance. Comprar minha própria Harley. Fazer uma tatuagem de sereia. Ir para o baile da escola com Rob Wilkins (sei que é careta, mas não ligo: acho que ele ficaria lindo de smoking). Esse tipo de coisa.

E agora eu jamais poderia fazer nada disso.

Então, quando Clay Larsson falou "Boa noite, garotinha" e ergueu a lanterna de metal no ar, eu estava mais ou menos conformada com o fato de que ia morrer. Eu sentia que seria um alívio, pois acabaria com a dor entorpecente que eu sentia em cada centímetro do meu corpo.

Mas então aconteceu uma coisa que não fez qualquer sentido. Houve um som de baque, acompanhado de outro nauseante de algo sendo esmagado — que eu, como veterana de brigas, sabia muito bem ser o som de osso quebrando —, e então o corpo pesado de Clay Larsson caiu em cima do meu de novo...

Só que dessa vez pareceu ser porque ele estava inconsciente.

Repentinamente, recuperei minha mobilidade, estiquei a mão, peguei a lanterna que tinha caído ao lado da minha cabeça sem provocar maiores danos e virei o feixe de luz na direção de onde tinha vindo o som...

E lá estava Shane, segurando a extremidade da estalactite que tinha se partido do teto da caverna e que ele tinha usado como um taco de beisebol para atingir a cabeça de Clay Larsson...

E lançá-la fora de órbita.

Shane olhou para o corpo inerte de Clay, ainda caído por cima das minhas pernas, e soltou a estalactite, olhando em minha direção.

Falei:

— Parabéns, artilheiro.

Shane caiu no choro.

Capítulo 17

— O que eu deveria ter pensado, depois de toda aquela história de "não me ligue"?

Rob, parecendo (como sempre) meio divertido e meio com desprezo, falou:

— Eu sabia o que você queria, Mastriani. Você queria se livrar de mim pra poder escapar dos agentes federais e ir atrás do garotinho.

Shane, que estava deitado com um termômetro na boca numa cama ao lado da minha na enfermaria do Camp Wawasee, fez um barulho que acho que tinha o objetivo de sinalizar sua contrariedade ao fato de ter sido chamado de garotinho.

— Me desculpe — disse Rob. — Eu quis dizer menininho.

— Obrigado — disse Shane com sarcasmo.

— Nada de falar — repreendeu a enfermeira.

— E você aceitou isso? — perguntei a Rob. — Aceitou numa boa me deixar escapar dos federais e de você para ir atrás de Shane?

Acho que era meio esquisito discutirmos as dificuldades recentes de nossa relação enquanto a enfermeira do acampamento cuidava de mim e de Shane. Mas de que mais poderíamos falar? Do meu recente esbarrão com a morte? Das expressões nos rostos de Ruth, Scott e Dave quando Shane e eu, machucados e cansados, rastejamos para fora da Caverna do Lobo e pedimos que chamassem a polícia? Do olhar no rosto de Rob quando ele apareceu um ou dois minutos depois e ouviu o que tinha acontecido durante sua ausência?

— É claro que não aceitei. — Rob fez uma pausa quando a enfermeira se intrometeu para medir minha pulsação. Aparentando estar satisfeita pela estabilidade dos meus batimentos, ela se afastou para fazer a mesma coisa em Shane. — Mas o que eu podia fazer, Mastriani? — prosseguiu Rob. — O cara apontou uma arma pra mim. Não que eu achasse que ele fosse atirar, mas estava claro que ninguém, mais especificamente você, não me queria por perto.

Respondi, na defensiva:

— Isso não é verdade. Sempre quero você por perto.

— É, mas só se eu cooperar com a ideia louca que você tiver no momento. E, tenho que dizer, entrar numa caverna no meio da noite com um assassino à solta? Não é uma ideia com a qual eu concordaria.

— Bem, no final deu tudo certo — falei.

Rob deu uma risada de desprezo.

— Ah, é. Shane? — Ele se virou e olhou para o garoto bochechudo na cama ao lado. — Você concorda com isso? Acha que deu tudo certo?

Shane assentiu vigorosamente. Depois, quando a enfermeira se abaixou e tirou o termômetro de sua boca, ele disse:

— Acho que tudo correu muito bem.

Rob riu de novo.

— Você não parecia achar isso quando saiu daquela caverna.

Bem, isso era verdade, pelo menos. Shane tinha ficado num estado de histeria até os agentes especiais Smith e Johnson chegarem com o xerife e seus policiais e prenderem o ainda inconsciente Clay Larsson. Tiveram dificuldade em arrastá-lo para fora da caverna, mesmo usando a entrada lateral mais larga que ele tinha descoberto.

— É — admitiu Shane. — Mas isso foi antes de os tiras chegarem. Eu estava com medo de ele acordar e ir atrás de nós outra vez.

— Depois daquela porrada que você deu nele? — Rob ergueu as sobrancelhas. — Esqueça o futebol americano, garoto. O beisebol está no seu sangue.

Shane ficou vermelho de satisfação com o elogio. Ele admirava Rob mais do que qualquer coisa, ainda mais depois de tê-lo reconhecido como o cara da história que contei na primeira noite, a sobre o carro assassino.

Além do mais, Rob tinha sido o único a manter a calma depois que saímos engatinhando da Caverna do Lobo. A semana de treinamento de monitores não tinha preparado Ruth, Scott e Dave para lidar com duas vítimas de tentativa de homicídio.

— Sabe, Mastriani — continuou Rob —, você tem mais do que um problema de controle de raiva. Você também é a pessoa mais teimosa que já conheci. Quando bota uma ideia na cabeça, nada faz você mudar. Nem seus amigos. Nem o FBI. E certamente nem eu. Eu tinha um cachorro muito parecido com você.

Isso não me pareceu um elogio e nem um comentário romântico, mas Shane achou hilário.

— O que aconteceu? — perguntou Shane. — Com o cachorro que era parecido com a Jess?

— Ah — disse Rob. — Ele tinha certeza de que podia fazer carros em movimento pararem usando os dentes, se conseguisse enfiá-los nos pneus. Acabou sendo atropelado um dia.

— Não sou um cachorro que corre atrás de carros — declarei. — Tá bom? Não há paralelo algum entre mim e o cachorro que é burro o bastante pra...

Parei de falar ao notar, com indignação, que Rob estava rindo baixinho. Ele estava muito mais bem-humorado agora do que antes, quando não tinha certeza se eu estava com algum ferimento sério. Ele teve muito a dizer sobre minha insistência em permanecer no Camp Wawasee para encontrar Shane e, consequentemente, botar não só minha vida em perigo, mas também as vidas de outras pessoas, como acabou acontecendo.

E é claro que ele estava certo. Eu tinha feito besteira. Estava disposta a admitir.

Mas, veja só, as coisas tinham dado certo no final.

Ao menos para todo mundo que não Clay Larsson.

— Então não está zangado comigo? — Não consegui resistir a perguntar.

Tudo que ele disse em resposta foi:

— Acho que vou conseguir superar.

Mas para Rob, isso era como admitir... sei lá, seu amor eterno por mim ou algo assim. Então, enquanto eu estava deitada ali, esperando pelo momento inevitável em que a enfermeira ia decidir que eu estava bem o bastante para ser interrogada, me animei. Vou para o penúltimo ano de escola! Alunos do penúltimo ano da Ernie Pyle High podem ir ao baile. Eu podia convidar Rob, e aí poderia vê-lo de smoking, afinal... se ele concordasse em ir comigo. É meio estranho, eu admito, ir ao baile com um cara que já se formou, e quem sabe, talvez se eu o convidar ele recuse...

Mas quando chegar a época do baile, eu já terei 17 anos, então como ele *poderá* recusar? Mesmo? Resistir a mim? Acho que não.

Esses pensamentos felizes foram maculados pelo barulho de vômito que Shane estava fazendo na cama ao lado por conta do que ele chamou de nossa "melosidade" — embora, na minha opinião, não houvesse nada de meloso acontecendo... pelo menos não para os padrões da *Cosmo*. Nem por nenhum outro padrão que eu pudesse imaginar.

Foi naquele momento que a enfermeira falou:

— Bem, ao que parece, vocês estão bem o bastante para receber outras visitas. E há muitas lá fora...

E então a noite virou um emaranhado de rostos aliviados e perguntas diretas, que respondemos de acordo com a história que Rob, Ruth, Scott, Dave e eu preparamos cuidadosamente, enquanto esperávamos a chegada dos policiais.

— E aí? — disse o agente especial Johnson, afundando em uma cadeira perto da de Rob. — Tem alguma coisa que você queira acrescentar a seu relato um tanto inconsistente sobre o que aconteceu esta noite, Srta. Mastriani?

Fingi pensar no assunto.

— Bem, deixe-me pensar. Eu me lembrei de uma história de terror que contei sobre uma caverna, então decidi verificar a que fica no território do acampamento pra ver se Shane estava lá, só pra ter certeza, e enquanto estávamos lá, o tal do Larsson maluco tentou nos matar, e Shane bateu na cabeça dele com uma estalactite. Foi só isso, eu acho.

O agente especial Johnson não pareceu muito surpreso. Olhou para Shane, que estava sentado na cama mexendo em uma estrela de xerife de plástico que um dos policiais dera a ele por sua coragem.

— O que ela disse parece correto em sua opinião?

Shane deu de ombros.

— Parece.

— Certo. — O agente especial Johnson fechou o bloco, depois trocou um olhar significativo com a parceira, que estava sentada na ponta da minha cama. — Uma heroína. E como exatamente você chegou à cena, Sr. Wilkins? Fiquei com a impressão de que você tinha ido embora do acampamento algumas horas antes.

— Ah, isso é verdade — disse Rob. — Fui mesmo embora. Mas voltei.

— Aham — disse o agente especial Johnson. — Dá pra perceber. Voltou por algum motivo em especial?

Rob fez uma coisa muito surpreendente naquele momento. Ele estendeu a mão, pegou a minha e disse:

— Eu não podia deixar as coisas como estavam com a minha garota, podia? Tive que voltar pra me desculpar.

Sua garota? Ele me chamou de sua garota! Ele pegou minha mão e me chamou de sua garota!

Eu estava sorrindo com tanta intensidade que fiquei com medo dos meus lábios caírem. O agente especial Johnson notou e revirou os olhos, obviamente enojado por meu entusiasmo adolescente. Mas como eu podia evitar? Rob tinha me chamado de *sua garota!* E daí se tinha feito isso para evitar uma investigação federal das coisas que eu tinha feito naquela noite? O baile nunca pareceu tão real quanto naquele momento.

— Hum — disse o agente especial Johnson. — Entendo. Por favor, me desculpe se não pareço convencido. O fato é que eu e a agente especial Smith achamos que é um pouco coincidência, Jess, você ter ido procurar o jovem Shane na Caverna do Lobo. Você não mencionou para ninguém que ele podia estar nessa caverna quando soube do desaparecimento.

— Com licença, senhor. — A enfermeira apareceu e enfiou uma caneca com chá muito quente e doce nas minhas mãos. — Para melhorar do choque — disse ela para os agentes de uma maneira explicativa, embora eles não tivessem perguntado. Depois, entregou uma caneca igual para Shane.

Tomei um gole. O chá me fez sentir surpreendentemente revigorada, apesar do fato de eu estar tentando parecer alguém cujo único choque recente tinha sido descobrir a língua do namorado dentro de sua boca.

É, eu sei. Pura ilusão, certo?

— Jess — disse a agente especial Smith. — Por que você não nos conta o que realmente aconteceu?

Fiquei ali, sentindo o chá quente descer pelas minhas entranhas e o ar quente dominar meu corpo. Isso sim era uma campista feliz.

— Já contei exatamente o que aconteceu — falei.

Ao ver as sobrancelhas erguidas dos dois, acrescentei:

— É sério. Foi desse jeito.

— Foi — disse Shane. — Ela está contando a verdade.

Olhamos para Shane que, como eu, estava tomando todo o chá. Durante todos os acontecimentos, ele não tinha largado o saco de biscoitos Chips Ahoy, e naquele momento ele tirou um do saco e o molhou no chá.

O agente especial Johnson olhou para mim.

— Boa tentativa. Mas acho que não.

— Eu duvido muito, por exemplo, que tenha sido o garotinho que colocou o coquetel Molotov atrás da nossa van — disse a agente especial Smith.

Revirei os olhos.

— Bem, obviamente só pode ter sido o Sr. Larsson — falei.

Tanto o agente especial Johnson quanto a agente especial Smith ficaram me olhando.

— É sério. Pra atrair a atenção de vocês. Pensem bem. O cara é doido. Espero que o prendam por muito, muito tempo. Ir atrás de uma garota assim? Foi inescrupuloso.

— Inescrupuloso — repetiu o agente especial Johnson.

— Claro — falei, na defensiva. — Essa palavra existe. Fiz o PSAT. Eu sei.

— Engraçado como Clay Larsson sabia exatamente qual veículo era o nosso — disse o agente especial Johnson.

— Pois é — falei, engolindo um pouco de chá. — Você sabe. Gênio do crime e tal.

— E é estranho como ele escolheu nosso carro, de todos os que estavam no estacionamento, para botar fogo, quando nem nos conhece — disse a agente especial Smith.

— Uma das coisas mais difíceis de se aceitar em crimes violentos é a aparente aleatoriedade.

Os dois olharam para Rob, e senti orgulho por um momento de ser, como ele tinha declarado, sua garota.

Então o Dr. Alistair apareceu na extremidade da minha cama, apertando as mãos.

— Jessica — disse ele, olhando com preocupação de mim para os agentes especiais Johnson e Smith, e depois para mim de novo. — Você está bem?

Olhei para ele como se estivesse louco. Eu tinha certeza de que estava.

— Ah, graças a Deus — respondeu ele, embora eu não tivesse dito nada em resposta. — Graças a Deus. Espero mesmo, Jessica, que você me perdoe pela explosão de hoje mais cedo...

— Está falando de quando me perguntou por que não chamava meus amigos paranormais para me ajudar a encontrar Shane? — perguntei.

Ele engoliu em seco e olhou com nervosismo para os agentes.

— Estou — disse ele. — Isso mesmo. Eu não quis...

— Quis sim. O senhor quis dizer cada palavra. — Olhei com intensidade para os agentes especiais Johnson e Smith. — Quanto vocês pagaram para ele relatar todos os meus movimentos a vocês?

Jill e Allan trocaram olhares nervosos.

— Jessica — disse a agente especial Smith. — Do que você está falando?

— É tão óbvio que era ele o dedo-duro. Quero dizer, ele marcou a reunião de 13h comigo, e quando não apareci, chamou vocês. Foi assim que souberam que deixei o acampamento. Não precisaram ficar parados do lado de fora do portão esperando pra ver se eu ia sair. Vocês tinham uma pessoa trabalhando aqui dentro, pra poupar o trabalho.

— Isso é claramente...

— Ah, pare com isso. — Revirei os olhos. — Quando vocês vão colocar na cabeça que terão que encontrar uma nova Cassandra? Porque a verdade é que esta aqui se aposentou.

— Jessica — gritou o Dr. Alistair. — Eu nunca, nem em um milhão de anos, comprometeria a integridade deste acampamento aceitando dinheiro por...

— Ah, cala a boca — cortou Shane. Eu podia ver que a campanha dele para ser expulso do acampamento de música estava em marcha acelerada. Eu não tinha dúvida de que o evento traumático na Caverna do Lobo teria um efeito prejudicial no talento dele para a flauta, ao menos por um tempo.

Espantado, o Dr. Alistair calou a boca, surpreendendo todo mundo.

O agente especial Johnson se inclinou para a frente e falou, num tom baixo e rápido:

— Jessica, sabemos perfeitamente bem que Jonathan Herzberg pediu que você encontrasse a filha dele, e que você fez isso. Também sabemos que esta noite você novamente usou seus poderes paranormais para encontrar Shane Taggerty. Você não pode mais sustentar essa farsa ridícula de que perdeu seus poderes. *Sabemos* que é mentira. *Sabemos* a verdade. — Ele voltou para a posição anterior e olhou para mim de forma ameaçadora.

— E é apenas uma questão de tempo até você ter que admitir isso, Jess — acrescentou a agente especial Smith.

Digeri o que eles disseram por um momento. Depois falei:

— Jill?

A agente especial Smith olhou para mim, intrigada.

— O que, Jess?

— Você é lésbica?

Depois disso, a enfermeira fez todo mundo sair, preocupada de Shane vomitar de tanto rir.

Capítulo 18

— Doug — falei, passando uma das mãos pela água fria e cristalina.

Ruth, deitada em uma boia de câmara de pneu a alguns metros de mim, olhou através dos óculos escuros para o céu azul acima.

— Pegável — respondeu ela um momento depois.

— Concordo. E quanto a Jeff?

Ruth ajeitou a alça do biquíni. Depois de seis semanas de salada, ela finalmente se achava pronta para usar uma roupa de banho de duas peças.

— Pegável — disse ela.

— Concordo.

Reclinei minha cabeça e senti o sol bater no meu pescoço, assim como no resto do corpo. Depois de várias semanas passando as tardes flutuando na superfície espelhada do lago Wawasee, eu estava da cor da Pocahontas. Sabia que estaria excepcionalmente bonita no concerto daquela noite, no qual tocaria a música que o professor Le Blanc não tinha esperança alguma de que eu aprendesse se não fosse por imitação.

Mas eu não precisava imitar ninguém. Eu sabia ler cada uma das notas.

Um grito não foi o bastante para quebrar o transe que o sol tinha provocado em mim e Ruth, mas chamou nossa atenção. Levantamos as cabeças e olhamos em direção à beirada do lago. Scott e Dave estavam jogando frisbee com alguns campistas. Scott acenou para nós e Dave, distraído, perdeu o equilíbrio e caiu na areia.

— Dave — falei.

— Pegável — disse Ruth.

— Concordo. Scott — falei, observando-o se jogar para pegar o frisbee.

— Gato, claro.

Ergui meus óculos de sol e olhei para ela, surpresa.

— É mesmo? Antes ele era Pegável.

— Ele é *meu* casinho de verão — disse ela. — Se eu digo que ele é gato, ele é gato.

Baixei meus óculos.

— Tudo bem.

— Além do mais — disse ela —, sabe aquela coisa toda de botar fogo na van dos federais? Aquilo foi demais. Talvez você esteja certa com relação a caras perigosos.

— Rob não é perigoso.

— Corta essa — disse Ruth. — Qualquer cara que tem uma moto como meio principal de transporte é perigoso.

— É mesmo? É melhor do que um cara de conversível?

Ruth deu de ombros.

— Claro.

Uau. Eu me reclinei de novo, assimilando. Meu namorado perigoso estava na estrada para me ver tocar no concerto daquela noite. Minha família também. Eu me perguntei o que aconteceria se eu apresentasse Rob para minha mãe. Não conseguia imaginar os dois no mesmo aposento. Ia ser muito...

Senti uma coisa encostar na minha mão, que estava tocando na superfície da água. Gritei e afastei os dedos, e Ruth fez a mesma coisa.

Duas cabeças adornadas com snorkels surgiram da água e imediatamente começaram a rir de nós.

— Ha-ha — gritou Arthur, apontando para mim enquanto flutuava. — Você gritou que nem uma garota!

— Que nem uma garota — repetiu Lionel incoerentemente. Ele estava rindo histericamente demais para falar.

— Muito engraçado — falei para eles. — Por que vocês não nadam até a parte funda e ficam com cãibra?

— É — disse Ruth. — E não se deem ao trabalho de gritar por nós, porque não vamos salvar vocês.

— Venha, Lionel — disse Arthur. — Vamos. Essas duas não são divertidas.

As duas cabeças imediatamente desapareceram. Observei os canudos dos snorkels cortarem a superfície da água enquanto eles se dirigiam para a beirada. Os dois tinham se tornado muito amigos depois que Shane saíra de cena e Lionel não passava mais o tempo todo com medo de ser torturado.

Como previ, a habilidade de Shane com a flauta desapareceu misteriosamente logo depois do incidente na Caverna do Lobo e, embora fosse tarde demais para inscrevê-lo em algum acampamento de futebol americano decente, vários tinham oferecido bolsas, baseados apenas no tamanho dele, para o verão seguinte. Ouvi que o Sr. e a Sra. Taggerty não estavam felizes com isso, mas o que podiam fazer? De acordo com mais de um técnico, o garoto tinha um talento natural.

Ao longe, na direção da Caverna do Lobo, uma cigarra começou seu canto estridente — um dos últimos que eu ouviria antes que elas se enterrassem no chão para hibernar até o verão seguinte.

— O Dr. Alistair convidou você para voltar no ano que vem? — quis saber Ruth.

— Convidou — falei, um pouco repugnada. — Acho que foi pra poder aumentar sua renda mais um pouco me delatando pros federais.

— Como soube que tinha sido ele?

Dei de ombros.

— Não sei. Eu simplesmente soube. Do mesmo modo que sei que ainda estão me monitorando.

Ruth quase perdeu o equilíbrio na boia.

— *Estão?* — balbuciou ela. — Como você sabe?

Apontei em direção às árvores na lateral mais próxima de nós.

— Está vendo aquela coisa ali, brilhando no sol?

Ruth olhou para onde eu estava apontando.

— Não. Espere. Acho que sim. O que é?

— Teleobjetivas — falei, baixando o braço. — Observe. Agora que ele sabe que o vi, vai dirigir até outro lugar e tentar de novo.

Como previsto, o brilho desapareceu, e ao longe ouvimos o som do motor do carro.

— Credo — gritou Ruth. — Que horror! Jess, como você aguenta?

Dei de ombros.

— O que posso fazer? É assim que as coisas são, eu acho.

Ruth mordeu o lábio inferior.

— Mas você não... Hum, você não está com medo de te pegarem qualquer dia desses? De descobrirem sua mentira?

— Na verdade, não. — Inclinei a cabeça para trás, deixando o sol aquecer meu pescoço novamente. — Acho que o truque é nunca parar.

— Nunca parar de quê?

— De mentir.

— Isso não vai ser difícil agora que... sabe? Agora que seus poderes estão ficando mais fortes?

Dei de ombros.

— Provavelmente.

Isso não era uma coisa sobre a qual eu gostava de pensar.

— Ei — falei, para mudar de assunto. — Aquela não é Karen Sue, naquele bote inflável rosa?

Ruth olhou e fez uma careta.

— Não acredito que ela está usando uma daquelas faixas de cabelo na água. E é Todd aquele que está com ela? Ele não é nem um pouco Pegável. Você ouviu enquanto ele ensaiava a música que vai tocar hoje à noite? Bartok. Que exibido.

— Vamos lá derrubar os dois — sugeri.

— Você só pode estar brincando — disse Ruth. — Isso é tão...

Ergui minhas sobrancelhas.

— Tão o quê?

— Tão infantil — disse Ruth, então sorriu. — Vamos lá.

E assim, fomos.

Este livro foi composto na tipologia Sabon LT Std, em corpo 11/16, e impresso em papel off-white 80g/m² no Sistema Cameron da Divisão Gráfica da Distribuidora Record.